KB082634

쓰르라미 별이 뜨는 밤

쓰르라미 별이 뜨는 밤

초판 1쇄 발행 | 2017년 3월 15일
지은이 | 김수빈
펴낸이 | 최윤정
펴낸곳 | 바람의 아이들
만든이 | 최문정 이창섭 이민영 양태종 이소희
제조국 | 한국
구독연령 | 11세 이상
등록 | 2003년 7월 11일(제312-2003-38호)
주소 | 121-841 서울시 마포구 서교동 448-29
전화 | (02)3142-0495 팩스 | (02)3142-0494
이메일 | windchild04@hanmail.net

ⓒ 김수빈 2017

ISBN 978-89-94475-67-7 44800
978-89-90878-04-5(세트)

「이 도서의 국립중앙도서관 출판예정도서목록(CIP)은 서지정보유통지원시스템 홈페이지(http://seoji.nl.go.kr)와 국가자료공동목록시스템(http://www.nl.go.kr/kolisnet)에서 이용하실 수 있습니다.(CIP제어번호:2016002712)

쓰르라미 별이 뜨는 밤

김수빈 지음

바람의아이들

차례

9월의 첫 번째 주
8월의 다섯 번째 주
8월의 네 번째 주

8월의 첫 번째 주

비가 커다란 눈을 깜빡이며 엄지손가락을 힘없이 빨고 있다.

얼마동안이나 그러고 있었던 건지, 비의 입가에서 흘러내린 침이 하늘색 베갯잇을 깊은 바다색으로 흠뻑 적셔 놓았다.

나는 헝클어진 앞머리를 손으로 빗어 내리며 벽에 걸린 시계를 확인했다. 딱 30분만 자고 일어날 생각이었는데 어느새 5시가 훌쩍 지나 있다.

"젠장."

곧장 내 방으로 달려가 책상 위에 올려 둔 휴대폰부터 확인했다. 메시지 7건에 부재중 전화가 13통이다. 나는 제일 먼저 수아에게 전화를 걸어 바이올린 레슨이 이제 막 끝났다고 둘러댄 다음, 곧바로 엄마에게 전화를 걸었다.

"5시 전까지는 온다며!"

"미안, 이야기가 자꾸 길어지는 걸 어떡하니. 그래도 6시 전에는 끝날 것 같으니까, 조금만 더 기다려 줘."

회의 중에 전화를 받았는지 엄마가 내 귓가에 속삭이듯 목소리를 낮춰 말했다.

"지금 무슨 소리를 하는 거야? 내가 5시에 약속 있다고 했잖아!"

"알아. 아는데, 그 약속 한 시간만 좀 미루면 안 돼?"

엄마가 외출을 할 때는 반드시 비를 돌봐 줄 도우미 아주머니를 부르지만 오늘따라 시간이 맞는 아주머니가 한 명도 안 계셔서 어쩔 수 없이 내가 보고 있던 참이었다.

"안 돼! 어쨌든 난 지금 나갈 거니까, 나머지는 엄마가 알아서 해."

"잠깐만, 결아! 야, 단결!"

엄마의 목소리 사이로 배터리 부족을 알리는 경보음이 끼어들면서 휴대폰의 전원이 꺼졌다. 차라리 잘됐다는 생각을 하며 휴대폰을 침대 위로 휙 던져 버리고는 서둘러 신발장 앞으로 달려갔다. 한쪽 면이 거울로 된 신발장의 문을 활짝 열고 지난주에 새로 산 빨간색 샌들을 찾는데, 3년 전에 샀지만 거의 새것과 다름없는 비의 하얀색 운동화가 먼저 내 시야에 들어왔다.

"아……."

그제야 오늘은 비가 평소보다 점심을 일찍 먹었으니 오후 2시나 늦어도 3시 전에는 비의 간식을 꼭 챙겨 주라고 했던 엄마의 당부가 떠올랐다. 나는 아랫입술을 꽉 깨문 채 주방으로서 가서 비가 식사 대용으로 먹는 건강보조제 가루에 미지근한 물을 붓고 저었다. 잠시 후 걸쭉한 스프 같은 상태가 된 그 액체를 커다란 주사기에 넣어 비가 누워 있는 안방으로 가져갔다.

초점 없는 눈으로 손가락을 빨고 있는 비의 곁으로 다가서자 젖은 베개에서 나는 비릿한 침 냄새에 눈썹이 절로 찌푸려졌다. 구역질이 날 것 같은 것을 꾹 참으며 비의 코에 연결된 호스에 주방에서 가져온 주사기를 꽂았다. 음식물을 잘 삼키지 못하는 비는 위로 이어지는 이 호스를 통해 몸에 필요한 영양분을 섭취한다. 누군가 옆에서 돌봐 주지 않으면 비는 혼자서는 단 하루도 살 수 없는 것이다.

나는 주사기의 피스톤을 누르고 있는 엄지손가락에 힘을 꾹 주었다. 주사기 안에 남아 있는 스프의 양이 빠른 속도로 줄어든다. 원래는 조금씩, 천천히 넣어 줘야 하지만 지금은 그러고 있을 시간이 없다.

순식간에 텅 비어 버린 주사기를 빼서 비가 누워 있는 침대 옆 테이블에 아무렇게나 올려놓았다. 그런 다음 비의 앙상한 다리 사이에 말려 있는 얇은 면 이불을 빼 주려고 손을 뻗은 순간, 비의 엉덩이에서 새어 나오는 지독한 냄새에 꾹 참고 있던 구역질이 울컥 치밀어 올랐다.

"우욱!"

손바닥으로 코와 입을 틀어막은 것과 동시에 비에게서 한 걸음 뒤로 물러섰다. 비도 엉망이 된 기저귀가 불편한지 끙끙 앓는 소리를 내며 이리저리 몸을 뒤척였다.

나는 조금의 망설임도 없이 안방을 나와 그대로 쭉 현관을 향해 걸어갔다. 지금껏 내가 직접 비의 기저귀를 갈아 준 적은 단 한 번도 없을 뿐더러 그런 상상을 하는 것만으로도 당장 화장실로 달려가고 싶을 만큼 속이 뒤집혔기 때문이다.

문이 활짝 열려 있는 신발장에서 샌들을 찾아 꺼낸 다음 안방 침대 위에 누워 있는 비를 향해 소리쳤다.

"조금만 기다려. 엄마 금방 올 거야."

내 목소리를 들을 수는 있지만 내 말을 알아듣지는 못하는 비가 관절 마디마디가 뒤틀린 손을 힘겹게 휘저으며 강아지처럼 낑낑거렸다.

나는 언제나처럼 뒤도 한번 돌아보지 않고 밖으로 나와 현관문을 쾅 닫았다. 단조로운 벨소리와 함께 철컥, 하고 문이 자동으로 잠겼다.

"하아."

잠긴 현관문에 기대어 긴 한숨을 내쉬었다. 집에서 겨우 한 발자국 벗어난 것뿐인데 꽉 막혀 있던 숨통이 탁 트이는 기분이다. 목을 조르고 있던 밧줄을 끊어 버린 것 같은 해방감을 만끽할 새도 없이, 서둘러 엘리베이터를 타고 1층으로 내려가 아파트 입구의 유리문 밖으로 나갔다.

순식간에 내 몸을 감싼 한여름의 태양은 얼굴이 따끔거릴 만큼 뜨거웠고 나뭇잎 사이에 숨어 눈에 보이지도 않는 매미들은 귀를 막고 싶어질 정도로 시끄럽게 울어 댔다. 그러나 비의 몸에서 나는 지독한 악취와 비가 내는 칭얼거림에 비하면 펄펄 끓는 찜통처럼 뜨거운 공기와 수백 마리가 넘는 매미 떼의 울음소리쯤은 봄밤의 세레나데와 같다고 생각했다.

조금 빠른 속도로 걸었을 뿐인데 머리 위 햇볕만큼이나 뜨거운 땀방울이 이마 위로 흘러내렸다. 나는 땀에 젖은 앞머리를 쓸어 넘기며 횡단보도 근처에 서 있는 택시에 올랐다.

"사거리 앞 맥도날드요."

네모난 얼음덩어리 같은 택시 안의 공기에 팔등과 목덜미 위로 싸락눈 같은 소름이 돋았다.

"왜 이렇게 늦었어!"

한 시간이 넘게 나를 기다린 수아가 눈썹을 살짝 찌푸리며 물었다. 수아의 옆자리에 앉은 이지수 역시 한껏 짜증이 난 얼굴로 나를 빤히 올려다보았다.

"미안, 레슨이 길어져서."

나는 패스트푸드점의 딱딱한 의자를 뒤로 빼며 말했다. 그러고 보니 레슨 선생님에게 전화하는 걸 깜빡했다. 연락도 없이 레슨을 빼먹은 데다 전화까지 받질 않았으니 화가 머리끝까지 난 선생님이 엄마한테 전화를 했을 게 뻔한데, 두 사람에게 뭐라고 둘러대야 할지 벌써부터 머리가 지끈거린다.

"실력은 좀 늘었니? 레슨비가 한 푼 두 푼인 것도 아니고, 돈을 그렇게 들이붓는 만큼 실력도 좀 늘어야 될 거 아냐."

이지수가 노란색 빨대로 콜라를 한 모금 쭉 빨아 마시며 빈정거렸다. 수아와 친하게 지내고 싶어 하는 이지수는 중학교 때부터 수아와 단짝인 내가 눈엣가시처럼 거슬리는지 처음 만난 순간부터 사사건건 트집을 잡고 시비를 걸어 댔다. 중간에 낀 수아 때문에 어쩔 수 없이 같이 다니고는 있지만 이지수와 나는 물과 기름보다도 더 겉도는 사이다.

"내가 그다지 바이올린에 소질이 없어서 말이야."

내가 대수롭지 않게 받아넘기자 이지수가 빙그레 미소를 지으며 말했다.

"너라도 열심히 해야지. 너희 엄마의 유일한 희망이 단결 너잖아, 안 그래?"

"우리 엄마는 나한테 그렇게 관심 없어. 단세영 씨한테는 내 모의고사 그래프보다 자기 드라마 시청률 그래프가 훨씬 더 중요한 문제거든."

내가 어깨를 으쓱이며 엄마의 이름을 입에 올리자 이지수가 싸늘한 눈빛으로 나를 노려본다. 엄마는 세 편의 히트작을 가진, 꽤 인기 있는 드라마 작가다.

"맞다! 아줌마 이번에 새 드라마 시작하신다며. 어떻게 됐어? 주인공 캐스팅은 다 끝났어?"

엄마 이야기가 나오자 잔뜩 흥분한 수아가 내 손목을 끌어당기며 물었다.

"아직 확실하게 결정된 건 없고 계속 미팅 중이래."

"나는 백우현! 근데 이번 드라마는 어떤 내용이야? 백우현한테 어울릴 만한 역할이 있어야 되는데."

"설마, 저번처럼 막장 불륜 스토리는 아니지?"

이지수가 한심하다는 얼굴로 빨대 끝을 만지작거리며 물었다.

"저기, 그걸 불륜이라고 하긴 좀 그렇지 않아? 여자 주인공이랑 남편은 별거 중이었고 그리고 또……."

수아가 조심스레 내 눈치를 살피며 말했다.

"어쨌든 불륜은 불륜이잖아. 그 전 드라마도 비슷한 내용이었던 것 같은데, 맞지? 결이 너희 엄마는 다 좋은데, 더러운 불륜 관계를 너무 미화시켜서 쓰는 경향이 있더라."

이지수가 나를 한 번 힐끗 쳐다보더니 창밖으로 시선을 돌리며 한 마디 덧붙였다.

"남 일 같지가 않아서 그런가."

"지수야!"

깜짝 놀란 수아가 내 얼굴과 이지수의 얼굴을 번갈아 쳐다보며 소리쳤다. 늘 이런 식이다. 이지수는 나를 향해 쉴 새 없이 불화살을 쏘아 대고 나는 맞아도 그만, 안 맞아도 그만인 자세로 가만히 앉아 있고 괜히 아무 잘못도 없는 수아만 중간에서 안절부절못하는 북극의 불바다 같은 상황.

"지수 너, 무슨 말을 그렇게 해."

"괜찮아, 없는 말을 지어서 한 것도 아닌데 뭐."

내가 아무렇지도 않다는 듯이 고개를 끄덕이자 이지수가 싱긋 미소를 지으며 내게 물었다.

"나는 너무 솔직해서 탈이라니까. 미안, 기분 나쁜 거 아니지?"

"어, 괜찮아."

말은 그렇게 했지만, 괜찮을 리가 없다. 괜찮은 척하는 것뿐이다. 내가 여기서 화를 내 봤자 아무것도 달라지지 않는다는 걸 너무나도 잘 알고 있기 때문이다. 이런 나를, 이지수가 정말 질렸다는 표정으로 빤히 노려본다.

"저녁은 어떻게 할 거야? 여기서 간단히 먹고 갈까?"

나는 이지수의 시선을 무시하며 수아에게 물었다. 그러자 수아가 정말 미안하다는 얼굴로 입술을 살짝 깨물며 말했다.

"그게, 지수랑 나는 조금 전에 햄버거 하나씩 먹었어."

"아, 그래? 그럼 지금 바로 영화관으로 갈까?"

오늘 약속의 목적은 수아가 좋아하는 아이돌 주연의 영화를 보기 위해서였다. 나는 그 아이돌의 이름도 제대로 모르는데다 이지수도 함께 볼 거라는 얘기에 처음에는 거절했었지만 어젯밤 늦게 회의 시간을 정하는 엄마와 PD선생님의 통화를 듣고 곧바로 수아에게 문자를 보내 나도 같이 보기로 약속한 거였다. 비랑 단 둘이 있는 것보다는 차라리 이지수와 함께 있는 쪽이 더 낫다고 생각했기 때문이다.

"우린 영화 못 봐."

이지수가 기다렸다는 듯이 피식 코웃음을 치며 말했다.

"갑자기 왜?"

"왜긴, 결이 너 때문이지. 우린 원래 5시 20분 영화 볼 생각이었는데, 네가 한 시간이나 늦게 왔잖아."

"늦은 건 미안한데, 영화가 그 시간에만 있는 건 아니잖아."

나는 고개를 갸웃거리며 수아와 이지수를 바라보았다.

"그건 그렇지. 근데 우리가 시간이 없어서 말이야."

이지수가 수아와 눈을 맞추며 어깨를 가볍게 으쓱였다.

"오늘 낮에 지수랑 같이 사탐 학원 등록했거든. 3학년 되기 전에 미리미리 준비해 두는 게 좋다고 해서. 수강증을 끊고 나오는데, 내가 벌써 고3이라도 된 것 같은 기분인 거 있지? 진짜 우울하더라."

두 손으로 턱을 괸 수아가 코끝을 살짝 찡그리며 말했다.

"벌써라니, 앞으로 백 일 후면 우리가 고3인거나 다름없는데. 결이 넌 좋겠다, 바이올린만 좀 깽깽거리면 편하게 대학 갈 수 있어서."

이지수가 아니꼽다는 듯이 한쪽 눈썹을 추켜올렸다. 머리부터 발끝까지, 내 모든 것이 마음에 들지 않는다는 눈빛으로.

"나 손 좀 씻고 올게."

나는 별다른 대꾸 없이 자리에서 일어나 2층에 있는 화장실로 올라갔다. 이지수와 10분 정도 마주 보고 있었을 뿐인데, 열흘 밤을 샌 것 같은 피로가 몰려온다. 나는 어깨가 들썩일 만큼 긴 한숨을 내쉬며 수도꼭지를 틀었다.

"미안해."

곧바로 내 뒤를 따라온 건지, 화장실 문을 열고 들어온 수아가 내 팔짱을 끼며 사과했다.

“뭐가?”

“지수 말이야. 왜 걸이 너한테만 저렇게 못되게 구는 건지 모르겠어. 평소에는 정말 착하고 좋은 앤데 말이야.”

수아가 고개를 절레절레 저으며 시무룩한 표정을 지었다. 나는 세면대 옆에 설치된 페이퍼타월을 한 장 뜯어 손등의 물기를 닦으며 천천히 고개를 끄덕였다. 틀린 말은 아니었다. 이지수는 털털하면서도 어른스러운 성격으로 아이들 사이에서 인기가 좋다. 책임감도 강하고 남을 배려할 줄도 아는, 누가 봐도 친하게 지내고 싶을 만큼 괜찮은 아이였다. 그러니까, 나한테 못되게 구는 것만 빼면.

“처음 있는 일도 아닌데, 뭘.”

나는 피식 웃으며 동그랗게 구긴 페이퍼타월을 휴지통에 넣었다. 누군가에게 특별한 이유도 없이 미움을 받는 일이, 내게는 그냥 가볍게 웃어넘길 수 있을 정도로 익숙한 일이다.

“거기다 오늘은 내가 한 시간이나 늦었잖아.”

“전화는 왜 꺼 둔 거야? 네 전화 끊고 내가 곧바로 다시 걸었었는데.”

“배터리가 다 돼서 저절로 꺼졌어. 전화했었어?”

“응, 그냥 다음에 보는 게 나을 것 같아서. 학원 수업이 7시 30

분부터거든. 생각해 보니까 한 시간도 제대로 같이 못 있을 텐데 괜히 여기까지 왔다갔다 번거롭게 하는 거 같아서."

"난 괜찮으니까, 마음 쓸 거 없어."

나는 수아와 함께 다시 1층으로 내려갔다. 그 사이 테이블 위를 깨끗이 치운 이지수가 가방까지 등에 멘 채 우리를 기다리고 있었다.

"벌써 가려고?"

수아가 손목에 찬 시계를 확인하며 이지수에게 물었다.

"첫날이니까, 분위기 파악도 할 겸 좀 일찍 가야지. 결이 넌 어떻게 할 거야?"

"너희 먼저 가. 난 여기 조금 더 있다가 갈게."

"왜, 같이 나가자."

수아가 이지수에게 건네받은 초록색 가방을 어깨에 메며 말했다.

"뭐하러, 어차피 우리랑 방향도 다른데. 그럼 먼저 갈게, 다음에 보자."

이지수가 한쪽 눈썹을 으쓱이며 수아의 손을 휙 잡아끌었다.

"결아, 내가 나중에 전화할게."

미안한 표정으로 계속해서 뒤를 돌아보는 수아를 향해 나는 옅은 미소를 지어 보였다. 잠시 후 패스트푸드점을 나간 이지수가 내 앞에서는 단 한 번도 보인 적 없는, 창밖의 태양만큼이나 환한 웃음을 터트렸다. 그와 동시에 내 입술에서는 먹구름처럼 짙은 한숨이 서늘한 바람처럼 새어 나왔다.

나는 그대로 한쪽 턱을 괴고 앉아 유리창 밖으로 지나가는 사람들을 구경했다. 키가 큰 사람, 키가 작은 사람. 머리가 긴 남자, 머리가 짧은 여자. 흰 셔츠를 입은 아저씨와 노란 치마를 입은 어린아이까지 다양한 사람들이 내 앞을 스쳐 지나갔다.

그렇게 한참 창밖만 바라보고 있는데 이번에는 나를 향한 누군가의 시선이 느껴졌다. 나는 조금의 망설임도 없이 시선을 향해 고개를 돌렸다.

나와 눈이 마주친 사람은 맞은편 테이블에 앉은 초등학교 5학년쯤 되어 보이는 남자아이였다. 아이는 놀라는 기색도 하나 없이 커다란 눈을 깜빡이며 계속해서 나를 빤히 바라보았다. 짧은 머리와 옷차림 때문에 남자아이라고 생각하긴 했지만, 여자아이라고 해도 전혀 이상하지 않을 만큼 곱상한 얼굴에 까만 카디건 위로 어깨뼈가 톡 튀어나와 있을 정도로 비쩍 마른 아이였다.

나는 남자아이를 향해 미간을 살짝 찌푸렸다. 그러나 아이는 전혀 아랑곳하지 않고 오히려 한결 더 강렬해진 눈빛으로 나를 똑바로 쳐다보았다. 기분이 불쾌해질 정도로 일방적인 시선이었지만 어린아이를 상대로 화를 내는 것도 우스운 것 같아 그냥 자리에서 일어나 밖으로 나와 버렸다.

시간이 얼마나 지났는지 가게 밖의 하늘은 오후의 붉은빛을 지나 짙은 보랏빛으로 물들어 있었다. 지금쯤이면 엄마도 집에 도착했을 것이다. 비의 젖은 베갯잇과 기저귀는 달콤한 꽃향기가 나는 새것으로 갈아져 있을 테고 나는 레슨을 빼먹은 것 때문에 혼이 나긴 하겠지만 깜빡 잠이 들었다고 솔직히 말하면 귀 따가운 잔소리 몇 마디로 대충 넘어갈 수 있을 것이다.

가로수 나뭇잎 사이사이를 올려다보며 터벅터벅 걸었더니 아파트 단지에 들어섰을 땐 해가 이미 완전히 저물어 있었다. 나는 느릿느릿 108동 계단으로 올라가 아파트 비밀번호 네 자리를 눌렀다. 스르르, 유리문이 열린 것과 동시에 낯익은 목소리가 어깨 너머로 들려왔다.

"결!"

나는 고개를 돌려 뒤를 돌아보았다. 환희였다.

"어떻게 된 거야?"

화단 앞에 서 있던 환희가 내 앞으로 다가오며 물었다.

"뭐가?"

"휴대폰 말이야, 꺼져 있던데."

"아, 배터리가 다 됐어."

"난 또. 무슨 일이라도 생긴 줄 알았잖아."

다행이라는 듯, 환희가 작은 한숨을 내쉬며 옆구리에 끼고 있던 농구공을 계단 위로 가볍게 탕 튕겼다.

"아줌마 화 많이 나신 것 같던데."

"엄마가 너한테 전화했어?"

"응, 너랑 같이 있냐고."

환희가 눈썹을 가볍게 으쓱이며 대답했다. 초등학교 때부터 친구인 환희는 수아를 만나기 전까지 내게 처음이자 하나뿐인 친구였다. 조별활동 시간마다 혼자 구석에 덩그러니 서 있는 내 손을 잡아 준 사람도 환희였고, 나를 사생아라고 손가락질하며 욕하던 아이들을 때려 준 사람도 환희였다. 그리고 내 입술에 처음으로 입술을 맞춘 사람 역시 환희였다.

"수아 만난다고 얘기했는데 엄마가 깜빡했나 봐."

그러자 환희가 말없이 고개를 끄덕였다. 나는 환희의 농구공을 바라보며 물었다.

"농구하다 오는 길이야?"

"아니, 지금 하러 가는 길이야. 친구가 한 게임 하자고 해서."

환희가 눈짓으로 103동을 가리키며 말했다. 103동 뒤편에는 아파트 단지에서 제일 큰 놀이터와 함께 테니스 코트와 농구 코트 등이 있다.

"그럼 얼른 가 봐. 친구 기다리겠다."

"어, 가야지."

환희가 고개를 끄덕이며 농구공을 계단에 탕탕 튕겼다. 말은 그렇게 하면서도, 계속 농구공을 계단에 튕기며 전혀 갈 생각이 없어 보이는 환희다.

"왜, 무슨 할 말이라도 있어?"

내가 먼저 환희에게 물었다.

"아니. 그런 건 아니고……."

고개를 약간 아래로 숙인 환희가 까만 눈썹을 긁적이며 말끝을 흐렸다. 환희가 눈썹을 긁적이는 건 뭔가 할 말이 있다는 뜻이다.

"음, 내가 보기에는."

나는 조그맣게 중얼거리며 환희에게로 한 발자국 가까이 다가섰다.

"할 말이 있는 거 같은데."

나는 환희의 얼굴을 물끄러미 바라보다가 발꿈치를 약간 들어 환희의 왼쪽 뺨에 입술을 맞추었다.

"이거 맞지?"

얼굴이 약간 발그레하게 달아오른 환희가 아랫입술을 살짝 깨문 채 씩 미소를 지었다. 왼쪽 뺨에만 생기는 환희의 보조개가 강물에 비친 가느다란 달그림자처럼 반짝였다.

"얼른 들어가."

빨개진 얼굴이 쑥스러운지 등 뒤에서 내 어깨를 잡은 환희가 유리문 안으로 나를 밀어 넣으며 말했다. 환희의 손에서 떨어진 농구공이 통통 소리를 내며 계단 아래로 굴러간다.

"안녕."

엘리베이터의 문이 닫힐 때까지 나를 향해 손을 흔들고 있는 환희를 보니 한없이 밑으로 가라앉고 있던 내 마음이 작고 투명한 물방울처럼 조금씩, 조금씩 위로 떠오르는 것 같은 기분이 들었다.

"다녀왔습니다."

나는 초인종 대신 비밀번호를 누르고 현관문을 열었다. 거실 불도 켜져 있고 오늘 낮에 엄마가 신고 나간 까만색 구두가 신발장 앞에 놓여 있었지만 엄마의 대답은 들리지 않았다. 나는 서둘러 샌들의 끈을 풀고 거실로 들어갔다.

"엄마?"

아직 옷도 갈아입지 않은 엄마가 팔짱을 낀 채 거실 소파에 앉아 있었다. 나와 눈도 마주치지 않는 모습이 환희의 말대로 화가 머리끝까지 난 것 같았다. 나는 일단 숨을 짧게 고른 다음 레슨을 빼먹은 것에 대한 변명을 늘어놓기 시작했다.

"엄마, 그게 있잖아 바이올린 레슨은……."

짝.

엄마가 소파에서 일어선 것과 동시에 내 왼쪽 뺨에서 번쩍하고 불꽃이 일었다.

"너 도대체 뭐 하는 애야?"

이를 꽉 깨문 엄마가 어깨까지 부들부들 떨며 소리쳤다. 갑작스런 상황에 넋이 나가 버린 나는 손바닥으로 왼쪽 뺨을 감싼 채 바보처럼 멍하니 엄마의 얼굴만 바라보았다.

"어떻게 이럴 수가 있어!"

엄마가 손에 꽉 쥐고 있던 무언가를 거실 바닥으로 집어 던졌다. 오디오 스피커에 맞고 내 발밑에 떨어진 그 물건은 피스톤이 빠진 플라스틱 주사기였다. 그러니까 엄마는 내가 레슨을 빼먹은 것 때문에 화가 난 게 아니었다.

"언니 간식 한 번 챙겨 주는 게 그렇게 어려운 일이니?"

엄마가 금방이라도 울음을 터뜨릴 것 같은 얼굴로 물었다. 또 비다. 또 단비 때문이다.

"챙겨 줬어, 챙겨 줬다고!"

나는 버럭 소리를 지르며 대답했다. 고작 비의 간식 한 끼 때문에 태어나서 처음으로 엄마에게 뺨까지 맞았다고 생각하니 참기 힘들 만큼의 분노가 끓어올랐다.

"제대로 녹이지도 않은 걸 그대로 먹여서 다 토하게 만든 것도 챙겨 준 거야? 집에 아무도 없는데, 누워 있는 상태로 토하다가 그게 기도로 넘어가기라도 했으면 정말 어쩔 뻔했어!"

엄마가 그런 생각을 하는 것만으로도 가슴이 무너진다는 듯 파르르 떨리는 목소리로 소리쳤다. 두 번 다시 비의 얼굴도 보고 싶지 않았지만 비가 스프를 다 토해 냈다는 말에는 나 역시 가슴이 철렁 내려앉았다. 비는 혼자서는 몸을 뒤집지도 못하기 때문에 만약 토사물의 일부라도 비의 기도로 넘어갔다면 곧바로 질식을 일으킬 수도 있는 위험한 상황이었다.

"일부러 그런 건 아냐."

나는 한풀 기가 꺾인 목소리로 발밑의 주사기를 내려다보며 말했다. 주사기의 안쪽 벽에는 쌀알만 한 크기로 뭉쳐진 가루 덩어리들이 군데군데 말라붙어 있었다. 컥컥거리며 스프를 토해 내는 비의 모습이 눈앞에 떠올라 나는 눈을 질끈 감아 버렸다.

"약속 시간에 늦어서, 나도 정신이 없었어."

"잠깐, 약속 시간에 늦어서라니? 너 지금 그게 무슨 소리야, 그럼 언니 간식을 5시가 넘어서야 챙겨 줬다는 말이야? 세상에!"

엄마가 땀방울이 맺힌 이마를 손바닥으로 감싸며 깊은 숨을 내쉬었다.

"늦어도 3시까지는 챙겨 주라고 몇 번을 말했어, 수십 번도 더 넘게 부탁했잖아!"

엄마가 눈썹 옆으로 파란 핏줄이 그려질 만큼 악을 쓰며 소리쳤다. 고작 간식 한 끼에 이렇게까지 화를 내는 엄마의 모습을 보니 나는 그만 맥이 탁 풀려 버리고 말았다.

갓 스무 살을 넘긴 어린 나이에 혼자서 아이 둘을 낳아 키우면서 오로지 자신만의 힘으로 여기까지 달려온 엄마다. 그렇게 바위처럼 단단하고 세상에 두려울 것이 없는 엄마가 비의 작은 숨소리 하나에 눈빛이 흔들리고 비의 기침 한 번에 가슴이 산산조각 나 버리는 것이다.

"유난 좀 그만 떨어. 간식 한 끼 굶는다고 죽어?"

"뭐라고?"

엄마가 자신의 귀를 의심하는 것 같은 표정으로 되물었다.

"재가 하는 일이 뭔데, 하루 종일 침대에 드러누워서 그저 숨쉬고 눈 깜박이는 일이 전부 아냐?"

"단결, 진심으로 하는 소리야?"

"왜, 사실이잖아. 간식 한 끼가 다 뭐야, 물 한 모금 안 마셔도 이틀은 그냥 버틸걸?"

짝.

왼쪽 뺨에서 또 한 번의 불꽃이 일어났다. 나는 입술을 꼭 깨문 채 엄마를 빤히 쳐다보았다. 비릿한 쇠 맛이 느껴지는 게 입안 어딘가가 찢어지기라도 한 모양이었다.

"너 제정신이야? 하나뿐인 언니한테 어떻게 그런 말을 할 수가 있어?"

엄마가 하얗게 질린 얼굴로 내 뺨을 때린 손을 바들바들 떨며 물었다.

"재가 왜 내 언니야?"

나는 피식 코웃음까지 치며 엄마에게 물었다.

"아, 맞다! 단비가 아니었으면, 나는 이 세상에 태어나지도 못했지!"

"그만해."

순식간에 두 눈 가득 눈물이 그렁그렁하게 맺힌 엄마가 고개를 옆으로 돌리며 말했다. 내가 그 어떤 큰 잘못을 저지른다고 해도, 내게는 모든 패를 한 번에 뒤집을 수 있는 마지막 카드가 있었다.

"그래서 나는 재가 싫어."

나는 발밑의 주사기를 주워 거실 벽을 향해 있는 힘껏 집어 던졌다. 탁, 하는 날카로운 파열음과 함께 산산조각이 난 주사기의 파편이 거실 바닥 위로 흩어졌다.

"재가 저런 병신만 아니었어도 내가 이 세상에 태어나는 일은 없었을 테니까. 그럼 내가 이런 끔찍한 고통 속에서 사는 일도 없었을 테니까!"

"부탁이니까, 제발 그만해."

엄마가 결국 두 손으로 얼굴을 가린 채 소파에 주저앉으며 말했다. 나는 그런 엄마를 뒤로 한 채 내 방으로 들어가 문을 쾅 닫았다. 굳게 닫힌 방문 너머로 가슴이 끊어지는 듯한 엄마의 울음소리가 들려온다. 나는 침대에 엎드려 두 손으로 양쪽 귀를 꽉 막았다.

이곳에서 도망치고 싶다. 어둡고 눅눅한, 깊은 동굴 같은 이 집에서 이제 그만 벗어나고 싶다.

나는 거울 앞에 서서 왼쪽 뺨에 붙어 있는 하얀색 쿨링 시트를 조심스럽게 떼어 냈다. 비가 자주 쓰는 해열용 시트인데, 어젯밤 내가 잠든 사이 엄마가 몰래 붙여 놓고 나간 모양이다. 나는 떼어 낸 시트를 동그랗게 뭉쳐 휴지통에 넣었다.

혀끝에 닿은 상처에서는 여전히 비릿한 쇠 맛이 느껴졌지만 시트 덕분인지 거울 속에 비친 내 얼굴은 평소와 다름없었다. 그래도 왠지 신경이 쓰여서 하나로 묶고 있던 머리를 풀어 왼쪽 옆얼굴을 가렸다. 그런 다음 휴대폰과 지갑, 빨간 장미꽃 한 송이가 수 놓아져 있는 손수건 한 장을 가방에 챙겨 넣고 거실로 나갔다.

창문이 활짝 열려 있는 거실의 공기는 한증막에라도 들어온 것처럼 뜨겁고 눅눅했다. 공기를 손으로 잡아 수건을 짜듯 비튼다면 미지근한 물이 뚝뚝 떨어질 것 같은 굉장한 습기였다.

"에취!"

반쯤 열린 안방 문틈 사이로 비의 기침 소리가 새어 나왔다. 창문을 두드리는 빗소리 같던 엄마의 노트북 타이핑 소리가 잠시 그쳤다, 다시 타닥타닥 타다닥 불규칙적인 리듬으로 이어졌다. 거실 에어컨이 왜 꺼져 있나 했더니, 호흡기가 약한 비가 또 감기라도 걸린 모양이다. 가만히 서 있기만 해도 땀이 주르르 흘러내리는 이런 한여름에 감기라니.

나는 다시 방 안으로 들어가 서랍장 속에 넣어 두었던 5단 우산을 꺼냈다. 아무래도 오늘 중으로 비가 한차례 쏟아질 것 같았기 때문이다. 내 손바닥 길이만 한 5단 우산을 가방에 넣고 방을 나서려는데 22℃에 맞춰 놓은 에어컨의 온도가 23℃로 오르면서 조용히 멈춰 있던 에어컨이 다시 찬 바람을 뿜어내기 시작했다. 작년 여름, 10년 가까이 취미로만 하던 바이올린을 전공으로 하게 되면서 엄마가 내 방에 따로 달아 준 에어컨이었다. 무더운 날씨에도 창문과 방문을 모두 꼭꼭 닫고 연습을 해야 하다 보니 에어컨 없이는 도저히 견딜 수가 없었기 때문이다.

나는 책상 위에 있던 리모컨으로 벽에 달린 에어컨의 전원을 껐다. 그 순간, 갑자기 내 머릿속의 필름이 거꾸로 감기더니 어제 오후 집을 나서는 장면에서 작동을 멈췄다.

마치 일시정지 버튼이라도 누른 것처럼 멈춰 있는 머릿속의 한 장면에서 노란색 숫자로 18℃라고 표시된 거실 에어컨의 온도 창이 제일 먼저 눈에 들어왔다. 그러고 보니 한낮의 열기가 고스란히 녹아든 가죽 소파에서 낮잠을 자다가 잠결에 에어컨의 온도를 최저로 내린 것까진 기억이 나는데, 머릿속을 뒤지고 아무리 또 뒤져 봐도 에어컨을 끈 기억이 없다. 그 대신 활짝 열린 안방 문과 담요 한 장 제대로 덮지 못한 채 잔뜩 웅크리고 누워 있는 비의 모습만이 선명한 사진처럼 눈앞에 떠올랐다. 휘파람 같은 여린 바람 한번 잘못 쐬어도 일주일씩 기침을 해 대는 비다. 감기가 아니라, 폐렴에 걸리지 않은 게 천만다행이었다.

"에취!"

코가 꽉 막힌 비의 기침 소리가 또 한 번 방문 사이로 새어 나왔다. 말라붙은 토사물로 엉망이 된 얼굴과 역한 냄새가 진동하는 기저귀, 새파래진 입술로 덜덜 떨고 있는 비를 본 엄마의 가슴이 부서지는 소리가 날카로운 칼날처럼 내 귓가에 박힌다.

현관 앞에 서서 한참을 망설이던 나는 숨을 한 번 길게 내쉰 다음 안방을 향해 크게 소리쳤다.

"갔다 올게."

퉁명스럽기 그지없는 말투였지만, 내 나름의 사과 방식이었다.

"우산 가지고 가. 저녁에 비 온다더라."

엄마 역시 나 못지않은 무뚝뚝한 목소리로 대답했다. 엄마 나름의 사과 방식이다.

"벌써 챙겼어."

나는 한결 가벼워진 마음으로 엘리베이터의 버튼을 눌렀다. 엄마에게 뺨을 두 대나 맞긴 했지만 뭐, 어제 일은 내가 먼저 잘못을 하긴 했으니까.

아저씨와의 약속 시간은 2시였지만, 그 전에 301동에 사는 레슨 선생님의 집에 잠시 들를 생각으로 조금 일찍 집을 나섰다. 뜨거운 잼처럼 끈적이는 햇볕 속을 빠른 걸음으로 걸어가고 있는데 경비실 근처에 서 있던 검은색 자동차가 경적을 빵빵, 하고 짧게 두 번 울렸다. 그와 동시에 까맣게 선팅이 된 창문이 스르르 내려가더니 하늘색 체크무늬 셔츠를 입은 아저씨가 나를 향해 손을 흔들었다.

"아저씨!"

깜짝 놀란 나는 고개를 갸웃거리며 아저씨에게로 다가갔다.

"왜 이렇게 일찍 오셨어요? 아직 1시 반도 안 됐는데."

"오전에 간단한 인터뷰가 있어서 일찍 나왔는데, 갑자기 취소돼 버렸거든. 그래서 곧장 여기로 왔지."

"그럼 집으로 올라오지 그러셨어요."

"그 생각을 안 한 건 아닌데, 아무래도 엄마가 싫어할 것 같아서 말이야."

아저씨가 눈썹을 살짝 찡그리며 멋쩍은 미소를 지었다. 아저씨의 우리 집 방문 시간은 매주 토요일 오후 5시에서 6시까지, 법보다도 더 엄격하게 정해져 있다. 어쩌다 6시에서 1분이라도 지나는 날이면 표정이 싸늘하게 변한 엄마가 현관문부터 활짝 열어 놓곤 했다.

"근데 결이 너야말로 왜 이렇게 일찍 나왔어? 어디 가는 길이야?"

"그게……. 아무것도 아니에요."

나는 고개를 저으며 아저씨의 옆자리로 가서 앉았다.

"배 많이 고프지? 그럼 점심부터 먹으러 갈까?"

아저씨가 파란색 가죽 커버를 씌운 핸들을 왼쪽으로 꺾으며 물었다. 내가 어젯밤부터 지금까지 아무것도 먹지 않았다는 얘기를 엄마에게서 들은 모양이었다.

"뭐 특별히 먹고 싶은 거라도 있니?"

"스파게티요. 크림 스파게티 먹고 싶어요."

나는 얼른 창밖으로 고개를 돌리며 대답했다. 겉으로 보기에는 아무렇지도 않았지만 마치 왼쪽 뺨에 엄마의 손자국이 그대로 남아 있기라도 한 것처럼 계속 신경이 쓰였기 때문이다.

"오케이!"

아저씨가 핸들을 가볍게 탁 두드리며 말했다. 혹시라도 내가 아무것도 먹지 않겠다고 버티면 어쩌나 걱정했던 모양이다. 하긴,

내가 엄마랑 크게 다투고 난 다음이면 내 기분이 풀릴 때까지 이틀이고 사흘이고 아무것도 먹지 않는다는 걸 아저씨도 잘 알고 있으니까.

기분이 좋아진 아저씨가 콧노래까지 흥얼거리며 전에도 몇 번 와 본 적 있는, 조명 인테리어가 멋진 이탈리안 레스토랑으로 나를 데려갔다.

"씨푸드 크림으로 할래? 아니면 까르보나라?"

아저씨가 메뉴판을 내 쪽으로 펼쳐 보이며 물었다.

"씨푸드 크림으로 할게요."

'아저씨는요?'라는 질문이 목 끝까지 차올랐지만, 나는 침을 한 번 꿀꺽 삼키며 그 질문도 함께 꾹 삼켜 버렸다.

"음, 씨푸드 크림 스파게티랑 봉골레 파스타 하나 주세요."

턱 끝을 매만지며 메뉴판을 훑어보던 아저씨가 메뉴판을 반으로 접으며 말했다.

"네."

하얀 와이셔츠에 까만색 보타이를 맨 웨이터가 아저씨와 나를 향해 빙그레 미소를 지었다. 아마도 저 웨이터는 우리 두 사람을 사이좋은 부녀지간이라고 생각하겠지.

"죄송해요."

"음? 갑자기 그게 무슨 소리야?"

아저씨가 물이 반쯤 든 투명한 와인 잔을 손에 들며 물었다.

"언니 말이에요. 저 때문에 큰일 날 뻔했잖아요."

나는 시선을 아래로 떨군 채 무릎 위의 냅킨을 만지작거렸다.

"결이 때문이라니."

아저씨가 미소를 지으며 고개를 옆으로 절레절레 흔들었다. 비와 똑같이 생긴 아저씨의 큰 눈이 말해 주듯 비는 아저씨의 하나뿐인 딸이다. 그러니까 비와 나는 엄마도 같고 성도 같지만, 아버지는 서로 다르다는 얘기다.

"일부러 그런 것도 아닌데."

아저씨가 물을 한 모금 마시며 말을 이었다.

"아저씨는 결이가 항상 고맙고 미안해. 원래는 이 아저씨가 해야 할 일들인데, 결이 너한테 떠넘긴 거나 마찬가지잖아."

아저씨가 정말 면목이 없다는 얼굴로 옅은 한숨을 내쉬며 말했다.

"아저씨야말로 일부러 그런 게 아니잖아요."

나는 주위를 한번 둘러본 다음, 아저씨에게만 들릴 정도로 조그맣게 속삭였다.

"이건 다 단세영 씨 때문이죠."

그러자 아저씨가 마시던 물을 푯 내뿜으며 웃음을 터트렸다. 커다란 눈이 반달 모양으로 접히면서 그 바로 아래에 새끼손톱으로 꾹 누른 듯한 주름이 잡힌다. 저런 걸 인디언 보조개라고 하던가. 아주 가끔이긴 하지만 비도 어금니가 다 드러날 만큼 활짝 웃을 때면 아저씨와 똑같은 위치에 똑같은 모양의 보조개가 생긴다. 얄미울 정도로 똑같이 생긴 보조개가.

아저씨는 마치 자신의 잘못처럼 말하지만 아저씨야말로 일부러 그런 게 아니다. 먼저 연락을 끊은 쪽은 엄마였으니까. 아저씨의 첫사랑이었던 엄마는 아저씨가 입대를 하고 얼마 지나지 않아 일방적으로 연락을 끊어 버렸고 2년 반이라는 결코 짧지 않은 시간이 흘러 아저씨가 제대를 했을 땐 엄마는 이미 모두의 앞에서 사라져 버린 후였다.

두 사람이 다시 만난 것은 그로부터 8년이 더 지나서였다. 당시 엄마가 극본을 썼던 드라마가 거의 신드롬에 가까운 히트를 쳤고 드라마에 출연했던 배우들은 물론 작가인 엄마에게도 여러 매체의 인터뷰 요청이 쏟아졌는데, 아픈 비와 어린 나 때문에 자유롭게 외출을 할 수 없었던 엄마는 모든 인터뷰를 집에서 진행했다. 그리고 마치 드라마 속의 한 장면처럼 우리 집을 찾았던 열한 명의 기자들 중에 아저씨가 있었던 것이다.

아저씨는 그렇게 10년이 지나서야 그토록 그리워했던 엄마를 다시 만났고 자신의 딸인 비를 처음 만났다. 나이는 열 살이었지만 너무 작고 약해서 다섯 살로도 보이지 않는 비를 가슴에 끌어

안고 아저씨가 하염없이 눈물을 흘리던 모습은 지금도 내 기억 속에 선명하게 남아 있다. 한눈에 비가 자신의 딸임을 알아본 아저씨 앞에서 엄마는 지난 10년 동안 홀로 간직해 왔던 비밀을 모두 털어놓을 수밖에 없었다.

대학 선후배 사이였던 엄마와 아저씨는 첫눈에 사랑에 빠졌고 뜨겁게 사랑했다. 그러던 중 아저씨가 군대를 가게 되었고 엄마는 아저씨가 입대를 하고 한 달이 지나서야 자신의 뱃속에 아기가 자라고 있다는 사실을 알게 되었다. 그 사실을 아무에게도 털어놓지 못한 채 넉 달이라는 시간이 흘러갔고 극심한 스트레스와 불안감에 시달리던 엄마는 임신 7개월 만에 너무나도 갑작스런 출산을 하고 말았다.

그렇게 1킬로그램 남짓한 미숙아로 태어난 비는 생후 일주일 만에 뇌 수술과 폐 수술, 연이어 세 번의 심장 수술을 받아야 했다. 비를 담당했던 의료진은 비의 생존에 대해서 회의적이었고 만약 기적적으로 비가 살아난다고 해도 심각한 수준의 장애는 피할 수 없을 것이라고 했다. 엄마는 그 모든 것이 자신의 잘못이라고 생각했다. 비가 다른 아기들처럼 40주를 다 채우고 태어났다면 겪지 않아도 될 수술과 문제들이었으니까.

엄마는 비의 존재조차 모르고 있는 아저씨에게 아이를 잃을지도 모른다는 끔찍한 고통을 나눠 주고 싶지 않았다. 그래서 비와 함께 아저씨의 곁을 떠났고 비를 지키기 위해 할 수 있는 모든 것을 다 했다. 그런 지극한 정성이 하늘을 울리기라도 했는지, 당장 오늘 밤을 장담할 수 없었던 비는 수없이 찾아온 고비들을 무사히 넘기며 올해로 열아홉 살이 되었다. 병원의 예측대로 심각한 장애가 남긴 했지만.

"그래, 이게 다 세영이 때문이야."

아저씨가 하얀 냅킨을 무릎 위에 깔며 혼잣말처럼 나지막한 목소리로 중얼거렸다. 10년이라는 긴 시간이 흘러 아저씨와 엄마가 다시 만났을 땐 아저씨에게는 이미 지금의 부인이, 엄마에게는 또 한 명의 딸인 내가 있었다.

"맛이 어때, 괜찮아?"

아저씨가 접시에 담긴 파스타를 포크로 동그랗게 말며 물었다.

"네, 맛있어요."

내가 고개를 끄덕이자, 내 얼굴을 가만히 바라보던 아저씨가 빙그레 미소를 지었다.

"왜요? 제 얼굴에 소스라도 묻었어요?"

"아니. 그 예쁜 얼굴에 상처라도 생겼으면 어쩌나 걱정했거든."

깜짝 놀란 나는 반사적으로 왼쪽 뺨을 감싸며 물었다.

"엄마가 그런 것까지 다 얘기했어요?"

"솔직한 게 매력인 사람이잖아."

"솔직해야 될 때는 안 솔직하고, 안 솔직해도 될 때는 너무 솔직해서 문제인 사람이죠."

나는 아랫입술을 삐쭉 내밀며 지금까지 거추장스럽게 왼쪽 뺨을 가리고 있던 머리칼을 귀 뒤로 휙 넘겼다.

"엄마가 많이 후회하고 있어."

눈썹을 살짝 찡그린 아저씨가 부드러운 미소를 지으며 말했다.

"알아요."

나도 안다. 내 뺨보다 엄마의 가슴이 훨씬 더 아팠을 거라는 것쯤은.

"아저씨는 결이도 아저씨 딸이라고 생각해."

"저도 항상 감사하게 생각하고 있어요."

나는 장난스럽게 두 손을 모아 배 위에 올린 다음 머리를 꾸벅였다.

"아니, 그냥 하는 소리가 아니라 진심으로 하는 말이야. 결이도 아저씨 친딸이었으면 얼마나 좋았을까, 항상 그런 생각해."

아저씨가 내 눈을 똑바로 바라보며 말했다. 나 역시 마찬가지였다. 아저씨처럼 멋진 사람이 내 아빠라면 나도 비처럼 아저씨의 친딸이라면 얼마나 좋을까, 아저씨를 처음 만난 그 순간부터 줄곧 해 왔던 생각이다. 마치 모래사장 위에 새겨 놓은 이름처럼 허무하고 부질없는 바람이긴 하지만.

"제가 어제 엄마랑 싸우는 걸 보셨으면 그런 생각이 한순간에 싹 사라지실걸요?"

"하하, 그 정도였어?"

아저씨가 냅킨으로 입가를 닦으며 물었다.

"이거 다 먹고 영화 한 편 보러 갈까?"

"영화요?"

"그 제목이 뭐더라, 요즘 한창 인기 있는 아이돌 가수가 주연이라던데."

"아, 그 영화요."

나는 눈썹을 살짝 찡그리며 고개를 천천히 끄덕였다. 차갑게 식은 스파게티 접시 위로 이지수의 싸늘한 눈빛이 겹쳐지면서 입안이 아스팔트 바닥처럼 꺼끌꺼끌해져 온다. 스파게티가 아직 절반이나 남아 있었지만 나는 포크를 접시 옆에 내려 놓고 레몬 한 조각이 들어 있는 탄산수로 목을 적셨다.

"왜, 벌써 봤어?"

"아뇨. 그런 건 아닌데, 저는 그 아이돌 별로거든요."

"그래? 그럼 다른 영화 볼까?"

"네, 그게 좋겠어요."

아저씨와 나는 레스토랑을 나와 건물 뒤편에 있는 주차장으로 갔다. 올 때와 마찬가지로 아저씨의 옆자리에 앉아 안전벨트를 매는데 바흐의 프렐류드 1번을 오르골로 연주한 아저씨의 휴대폰 벨소리가 울렸다. 평소 벨소리와는 다른, 특별한 한 사람이 걸었을 때만 울리는 소리다. 수십 번을 들어도 익숙해지지 않는, 들을 때마다 가슴이 덜컥 내려앉는 벨소리.

확인할 방법은 없지만 아마 12시를 알리는 종소리를 들은 신데렐라의 마음이 딱 이랬을 거다.

"여보세요."

아저씨가 전화를 받으며 고개를 왼쪽으로 살짝 돌렸다. 휴대폰 너머로 가느다란 목소리가 희미하게 새어 나온다. 아저씨의 부인이다.

"어, 아직. 무슨 일 있어?"

아저씨가 난처하다는 표정으로 셔츠의 두 번째 단추를 풀며 물었다. 나는 왼쪽 손가락에 박힌 굳은살을 만지작거리며 아저씨의 통화가 끝나기만을 기다렸다. 그때였다.

"많이 아파? 약은 먹었어?"

아저씨의 다급한 목소리에 나는 고개를 들어 아저씨의 옆얼굴을 바라보았다.

"한 시간 정도 걸릴 것 같은데, 참을 수 있겠어?"

아저씨가 정말 미안하다는 눈빛으로 나를 바라보았다. 나는 그런 아저씨를 향해 빙그레 미소를 지으며 고개를 끄덕였다.

"알았어, 지금 바로 출발할게."

아저씨가 작은 한숨과 함께 휴대폰의 종료버튼을 눌렀다.

"이거 정말 미안해서 어쩌지? 아줌마가 갑자기 배가 너무 아파서 꼼짝도 못 하겠대."

"정말요? 저는 여기서 버스 타고 가면 되니까, 얼른 가 보세요."

나는 매고 있던 안전벨트의 고리를 풀며 말했다.

"아니야, 아저씨가 집까지 데려다줄게."

"그러실 필요 없어요. 지금 가면 딱 애들 학원 마칠 시간이라서, 사거리에서 차 엄청 막힐 거예요."

"괜찮아, 구청 뒷길로 돌아서 가면 돼."

"아, 맞다! 서점에도 잠깐 들러야 돼요. 악보 좀 살 게 있거든요."

"그래? 그럼 서점까지라도 태워다 줄게."

아저씨의 목소리가 너무나도 단호해서 할 수 없이 나는 다시 안전벨트를 맬 수밖에 없었다. 아직 에어컨도 켜지 않았는데 차 안의 공기가 순식간에 발밑까지 떨어진다. 얼굴 한 번 본 적 없지만 목소리 하나만으로 아저씨와 나를 꽁꽁 얼어붙게 만드는 아저씨의 부인.

올해로 결혼 12주년을 맞이한 아저씨의 부인은 아저씨에게 딸이 있다는 사실을 모른다. 그러니까 엄마와 비의 존재에 대해서 전혀 모르고 있다는 얘기다. 그렇다고 아저씨가 일부러 그 사실을 숨긴 것은 아니다. 오히려 아저씨는 처음부터 모든 걸 솔직하게 털어놓으려고 했지만 엄마의 반대가 너무 심해서 그러지 못했던 것뿐이다. 당시 아저씨의 부인은 아기를 갖기 위해 3년째 갖은 노력을 다하고 있는 중이었는데 그런 아저씨의 부인에게 비의 존재는 너무나도 큰 상처가 될 것이라는 게 엄마의 이유였다. 엄마의 생각이 옳았던 것인지 아닌지는 잘 모르겠지만, 9년이 지난 지금까지도 아저씨와 아저씨 부인 사이에는 아이가 없다.

"오늘은 정말 미안해. 대신, 아저씨가 다다음 주에 두 배로 보상할게."

대형 서점의 정문 앞에 차를 세운 아저씨가 사이드브레이크를 올리며 말했다.

"전 정말 괜찮으니까, 얼른 가 보세요."

나는 서둘러 차에서 내린 다음 아저씨를 향해 손을 흔들었다.

"그래, 아저씨가 이따 전화할게."

아저씨가 엄지와 새끼손가락을 세워 수화기 모양을 만든 오른손을 귀에 대며 말했다. 나는 대답 대신 고개를 한번 끄덕였다. 잠시 후, 아저씨를 태운 차가 하얀 연기를 내뿜으며 빽빽하게 늘어선 차들 사이로 사라졌다.

'더러운 불륜관계.'

긴 한숨과 함께 이지수가 했던 말이 가슴 속에서 터져 나왔다. 엄마와 아저씨는 절대로 불륜 관계가 아니니다. 두 사람이 서로 사랑했던 건 아주 오래 전 일이고 지금은 각자 비의 엄마와 아빠로서 최선을 다하고 있을 뿐이다. 그리고 아저씨와 내가 한 달에 한두 번씩 오늘 같은 시간을 보내는 건 일종의 재활 프로그램과도 같은 거다. 물론 아저씨를 진심으로 좋아하고 아저씨 역시 그렇겠지만 냉정하게 말하면 아저씨와 나는 서로의 대역에 불과하다. 딸과의 시간이 필요한 아저씨와 아빠와의 시간이 필요한 나. 한마디 대화조차 나눌 수 없는 비와 얼굴조차 모르는 나의 아버지. 그 형태만 다를 뿐, 본질은 같은 상처를 갖고 있는 아저씨와 내가 만나 서로의 상처를 치유해 나가고 있는 것이다.

그러나 아저씨와 내가 아무리 서로의 텅 빈 마음속에 단단한 벽돌을 채워 넣는다고 해도 아저씨의 휴대폰 벨소리가 울리면 파도에 휩쓸린 모래성처럼 한순간에 모든 것이 무너져 내리고 만다. 그와 동시에 애써 외면해 왔던 현실이 흉물스런 잔해가 되어 내 머릿속으로 쏟아진다. 우리 모두가 공범자가 되어 한 사람을 철저히 속이고 있다는 사실, 아저씨와 내가 만든 세계가 사막의 오아시스가 아닌 환상 속의 신기루일 뿐이라는 진실.

뺨 위로 차가운 물방울이 흘러내렸다. 고개를 들어 하늘을 보니 빗방울이 한 방울, 한 방울씩 떨어지고 있다. 나는 뺨에 묻은 빗방울을 손등으로 닦으며 서점 안으로 들어갔다.

주말 오후라 그런지 서점 안은 수많은 사람들로 북적이고 있었다. 나는 이리저리 뛰어다니는 아이들을 피해 음악 관련 코너로 갔다. 커다란 책장 속에 빽빽하게 꽂혀 있는 악보집들을 이것저것 훑어본 다음 수험서적 코너로 가서 인터넷 강의에 필요한 교재들도 한 권씩 살펴보았다. 그러고는 서점 한쪽 편에 있는 음반 매장으로 들어가서 새로 나온 CD의 처음부터 끝까지 모든 트랙을 다 들어 보았다. 허리와 다리에 뻐근한 통증이 느껴질 무렵, 정신없이 돌아가던 CD가 움직임을 멈췄다. 나는 귀에 쓰고 있던 헤드폰을 제자리에 걸어 놓고 서점을 나왔다.

방울방울 내리던 구슬비가 어느새 앞이 잘 보이지 않을 정도의 장대비로 바뀌어 있었다. 나는 가방에서 우산을 꺼내 활짝 폈다. 손바닥만 하던 우산이 풍선처럼 부풀어 오르면서 파란 천에 그려진 작은 별들이 내 눈앞으로 떠오른다.

반짝이는 우산을 들고 빗속으로 발걸음을 내딛으려는 순간, 거북이 등껍질처럼 커다란 검은색 가방을 맨 채 빗속으로 손을 내밀고 있는 어린아이 하나가 눈에 띄었다. 어디서 본 듯한 느낌이 들어 아이의 옆얼굴을 자세히 살펴보았더니 어제 맥도날드에서 봤던 바로 그 아이였다.

"여기서 뭐 해?"

나도 모르게 머릿속으로 생각한 말이 입으로도 튀어나와 버렸다. 내 목소리를 들은 아이가 고개를 돌려 나를 빤히 쳐다보았다. 아이의 시선에 얼굴이 화끈 달아올랐지만 나는 아무렇지 않은 척 아이에게 물었다.

"우산 없어?"

질문이 채 끝나기도 전에 아이가 내 우산 속으로 들어왔다. 깜짝 놀란 내가 뒤로 한 걸음 물러서자 아이가 바둑알처럼 동그랗고 까만 눈을 깜빡이며 다시 한 걸음 내 앞으로 다가왔다.

"뭐 하는 거야!"

나는 또 한 걸음 뒤로 물러서며 우산을 들고 있던 팔을 뒤로 뺐다. 그러자 아이가 '먼저 말을 건 건 너잖아' 하는 눈빛으로 나를 올려다보았고 아이의 머리 위로 쏟아진 빗줄기가 유리 파편처럼 방울방울 부서졌다. 나는 어쩔 수 없이 팔을 내밀어 아이의 머리 위로 우산을 씌워 주었다. 그렇게 잠깐 동안 서로 아무 말 없이 쳐다만 보다가 결국 내가 먼저 입을 열었다.

"집이 어딘데? 여기서 가까워?"

아이는 대답 대신 손을 뻗어 서점 앞 횡단보도를 가리켰다. 그쪽으로 가자는 얘기인 듯했다. 설마, 말을 못 하는 아이인가.

나는 일단 아이가 가리킨 횡단보도를 향해 발걸음을 옮겼다. 어차피 나도 같은 방향이었기 때문에 별다른 생각 없이 횡단보도를 건넜다. 아이는 계속해서 말 대신 손짓으로 방향을 가리켰고 나는 말없이 아이가 가리킨 곳으로 향했다. 5단 우산은 두 사람이 쓰기엔 너무 작았기 때문에 얼마 걷지 않아 아이의 오른쪽 어깨와 내 왼쪽 어깨가 비로 흠뻑 젖었다. 나는 말없이 앞만 보며 걷고 있는 아이를 곁눈질로 훔쳐보았다. 나보다 키가 한 뼘쯤 작은 아이의 동그란 가마와 손가락 한 마디는 될 법한 긴 속눈썹이 내려다보였다. 이렇게 가까이에서 보니 남자아이인지 여자아이인지 더욱 헛갈렸다.

"너도 여기 살아?"

나는 발걸음을 멈춘 채 아이의 옆얼굴을 바라보았다. 아이가 내가 사는 아파트 정문을 가리켰기 때문이다.

"신기하다, 나도 여기 살거든. 너희 집은 몇 동이야?"

아이는 여전히 말 대신 손짓으로 방향을 가리켰다. 30동이 넘는 대단지 아파트라 아이가 나와 같은 아파트에 산다고 해도 특별히 놀랄 일은 아니었다. 그러나 세 번의 코너를 돌아 아이의 손가락이 마지막으로 가리킨 곳이 108동이라는 것은 꽤나 놀라운 일이었다.

"정말 여기 살아?"

어쩌면 어제 아이가 나를 그렇게 빤히 쳐다본 것도 오다가다 마주친 내 얼굴이 낯익었기 때문인지도 모르겠다.

"몇 층이야? 설마 7층은 아니지?"

나는 우산을 접고 아파트 비밀번호를 누르며 물었다. 잠시 후 경쾌한 전자음과 동시에 유리문이 스르르 열렸지만 아이의 입술은 열리지 않았다.

"거기서 뭐 해? 안 들어올 거야?"

나는 유리문 안에 한 발을 걸친 채 뒤를 돌아보며 물었다. 아파트 입구에 선 아이는 어제처럼 내 얼굴만 빤히 쳐다볼 뿐, 전혀 움직일 생각이 없어 보였다. 나는 아이의 앞으로 가까이 다가가 조심스럽게 물었다.

"저기 혹시, 말을 못 하는 거니?"

유리문이 스르르 닫히는 소리와 함께 아이의 눈썹이 살짝 찌푸려졌다.

"미안, 기분 나쁘게 할 생각은 아……."

"너 아직 아무것도 모르는구나."

아이가 피식 미소를 지으며 말했다. 나는 그 의미를 알 수 없는 아이의 말에 한 번 놀랐고 내가 직접 듣지 않았다면 절대로 믿을 수 없을 정도로 낮은, 그러나 깨끗한 물처럼 맑은 아이의 목소리에 또 한 번 놀랐다.

"뭐?"

"쳇, 뭐라도 좀 알아챘나 했더니."

아이가 한껏 실망했다는 표정으로 입술을 삐죽였다.

"지금 무슨 소리를 하는 거야?"

"내가 얼마나 더 기다려 줘야 하는 건데?"

아이가 피곤하다는 듯이 작은 한숨을 내쉬며 물었다.

"기다려 줘? 네가? 나를?"

나는 손끝으로 아이와 나를 번갈아 가리키며 되물었다.

"너 정말 바보구나."

"이 꼬맹이가 진짜!"

약이 오른 내가 아랫입술을 깨물자 아이 역시 잔뜩 화가 난 얼굴로 나를 향해 버럭 소리를 질렀다.

"누구보고 꼬맹이라는 거야?"

확실히 목소리 하나만큼은 꼬맹이가 아니었다.

"여기 너 말고 또 누가 있는데."

"내 이름은 진이야, 윤진."

"그래서 뭐?"

"한 번만 더 꼬맹이라고 부르면 가만두지 않겠다는 뜻이야."

"너야말로 자꾸 누나한테 까불래?"

나는 피식 코웃음을 치며 손가락 끝으로 아이의 이마를 살짝 밀었다. 그 순간, 아이가 내 손을 휙 잡아채더니 나지막한 목소리로 말했다.

"단결."

"뭐?"

아이의 입술에서 흘러나온 내 이름에 깜짝 놀란 나는 아무것도 비치지 않는 아이의 새까만 두 눈을 똑바로 쳐다보며 물었다.

"뭐야, 너. 누군데 내 이름을 알고 있는 거야?"

그러자 아이가 잡고 있던 내 손을 획 뿌리치며 말했다.

"잘 생각해 봐. 내가 누군지."

아이는 그 한 마디를 남기고는 계단을 내려가 쏟아지는 빗속으로 걸어갔다. 두 다리가 그대로 얼어붙어 버린 나는 아이의 뒷모습이 시야에서 완전히 사라질 때까지, 그저 멍하니 바라보고 있을 수밖에 없었다.

8월의 두 번째 주

"단결, 정신 똑바로 안 차릴래?"

선생님이 볼펜 끝으로 내 오른쪽 어깨를 툭 두드리며 말했다.

"손가락만 열심히 움직이면 뭐 해, 정신이 딴 데 가 있는데!"

나는 턱에 끼고 있던 바이올린을 허리 아래로 내려놓으며 긴 한숨을 내쉬었다. 똑같은 4마디를 무려 23번째 연주한 참이었다.

"더 이상 뭘 어떻게 하라는 말씀이신지 모르겠어요."

"네 연주는 오로지 테크닉뿐이야. 악보대로 연주하고 있지만, 그것뿐이라고. 그럼 컴퓨터 프로그램으로 연주한 거랑 뭐가 다르지? 그런 무미건조한 연주는 음악이 아니야. 그저 시끄러운 소음일 뿐이지."

선생님 역시 머리가 지끈거린다는 듯이 나무 의자에 걸터앉으며 양쪽 관자놀이를 손가락으로 꾹 눌렀다. 선생님은 항상 새벽 공기처럼 맑은, 혹은 여름 노을처럼 붉은, 때로는 솜사탕을 손에 든 아이의 미소처럼 천진난만하면서도 투명한 연주를 요구하시는데 나로서는 새벽 공기의 빠르기가 어떤 것인지 여름 노을의 세기는 또 어떤 것인지 아이의 미소는 어떤 색을 띠는지 도무지 알 방법이 없었다. 그저 지금처럼 선생님의 구겨진 눈썹을 볼 때면 예전에 음악 관련 잡지에서 읽었던 어느 칼럼의 한 부분만 떠오를 뿐이다. 어떤 관현악단의 지휘자에 관한 이야기였는데 단원들을 향해 어둡고 스산한 음색을 설명하기 위해 음침하고 습기가 찬 것 같은, 그러니까 독일의 숲 같은 느낌을 요청했다고 한다. 그러자 단원들 모두가 '뭐래?' 하는 어리둥절한 표정만 짓고 있기에 어쩔 수 없이 '메조포르테'를 주문했더니 자신이 원하던 바로 그 소리가 나왔다는 일화.

"내가 3년 전에 들었던, 지금도 내 귓가를 맴도는 그 환상적인 연주를 했던 아이는 도대체 어디로 가 버린 거야?"

오늘처럼 레슨이 막힐 때마다 조용히 터져 나오는 선생님의 푸념 섞인 혼잣말.

"제가 대신 연주해 드려요?"

나는 바이올린을 다시 어깨 위에 올리며 물었다.

"아니, 지금까지 내 귀를 괴롭힌 것만으로 충분해. 내 소중한 기억까지 망치지 말아 줘."

선생님이 볼펜을 쥔 손을 앞으로 쭉 뻗으며 고개를 저었다. 할 수만 있다면 그날의 기억을 몽땅 지워 버리고 싶다는 얼굴로.

3년 전 그날은 선생님과 내가 처음 만났던 날이다. 당시 내가 다니고 있던 음악 학원의 원장선생님이 유명 음대에서 학생들을 가르치고 있던 지금의 선생님께 나를 데려갔다. "결이 넌 꼭 훌륭한 바이올리니스트가 될 수 있을 거야"라는 확신에 찬 속삭임과 함께.

약속 장소는 선생님이 재직 중이셨던 음대의 연습실이었다. 산 중턱에 세워진 건물 뒤편으로는 울창한 편백나무 숲이 이어졌고 그 때문인지 자명종 천 개를 동시에 틀어 놓은 듯한 매미 떼의 울음소리가 건물 전체를 흔들고 있었다. 공해에 가까운 매미 떼의 울음소리에 어지럼증까지 느낀 원장선생님은 두통약을 연이어 세 알이나 삼켰지만 미간 사이에 잡힌 주름은 사라지지 않았다.

원장선생님은 내 어깨를 두 손으로 꽉 잡은 채 조금도 긴장할 것 없으니 평소처럼 편안히 연주하기만 된다고 나를 격려했다. 그러나 파르르 떨리고 있었던 것은 내 어깨가 아니라 원장선생님의 두 손이었다. 나는 조금도 긴장하지 않았다. 오히려 그 모든 게 귀찮고 따분하게만 느껴졌다. 어쩔 수 없이 여기까지 끌려오긴 했지만 나는 음악을 좋아하지도 않았고 더더구나 바이올리니스트가 될 생각은 정말 눈곱만큼도 없었기 때문이다. 나는 그저 정해진 시간에 밥을 먹고 잠을 자는 것처럼 하루에 정해진 시간만큼만 바이올린을 연주했던 것뿐이었다.

원장선생님께 내가 자주 틀리는 부분에 대해서 다시 한번 주의를 받고 있는데 갑자기 레슨실의 문이 벌컥 열리면서 얼굴이 빨갛게 달아오른 여학생 한 명이 밖으로 뛰쳐나왔다. 두 뺨이 눈물로 범벅이 된 여학생은 원장선생님과 나를 보고 흠칫 놀라더니 두 손으로 얼굴을 가린 채 건물 밖으로 나가 버렸고 여학생의 흐느낌 소리는 이내 매미 떼의 울음소리에 묻혀 버렸다. 원장선생님은 크게 당황한 것 같았지만 이내 입술을 한 번 질끈 깨물고는 한 손으로는 내 손을 잡고 한 손으로는 반쯤 열린 레슨실의 문을 똑똑 두드렸다.

"뭐야?"

세계적인 바이올리니스트들만 낼 수 있는, 최고 음역의 바이올린 소리처럼 날카롭고도 깨끗한 목소리가 내 귀를 스치고 지나갔다.

"아, 저희는 2시에 약속했던……."

"이런, 실례했습니다. 이쪽으로 들어오세요."

문 앞에 서있던 선생님이 왼팔을 옆으로 뻗어 연습실 안쪽을 가리켰다. 몸의 곡선이 그대로 드러나는 검정색 새틴 원피스에 잔머리 하나 없이 깔끔하게 틀어 올린 머리, 빨간 립스틱을 바른 선명한 입술까지 선생님은 음악가라기보다는 숙련된 발레리나처럼 보였다.

"준비해 온 곡이 뭐지?"

선생님이 눈을 살짝 아래로 내리깐 채 내게 물었다. 반갑다는 인사도, 이름이 뭐냐는 질문도 없었다. 선생님의 강렬한 인상에 기가 눌려 버린 나는 원장선생님을 힐끗 돌아보며 기어들어 가는 듯한 목소리로 조그맣게 중얼거렸다.

"바흐 파르티타……."

"그게 네가 한 달 내내 연습한 곡이니?"

"네?"

나는 대답 대신 원장선생님을 쳐다보았다. 그날의 약속은 한 달 전에 잡힌 것이었고 나는 정말로 한 달 내내 바흐의 곡만 연습했기 때문이다. 원장선생님이 나를 향해 눈썹을 살짝 찡그렸다. 그게 무슨 뜻인지 알아들을 수는 없었지만 나는 왠지 아니라고 대답해야 할 것 같았다.

"그 곡이 네가 제일 좋아하는 곡이니?"

내가 대답하기도 전에 선생님이 또 다른 질문을 먼저 던졌다. 그리고는 내가 원장선생님의 눈치를 보지 못하도록 내 얼굴을 똑바로 쳐다보았다.

"아니요."

나는 천천히 고개를 가로저으며 솔직히 대답했다. 거짓말을 해 봤자 통할 것 같지가 않았기 때문이다. 그리고 사실 바흐의 무반주곡은 내가 좋아하는 곡이 아니라 싫어하는 곡으로 세 손가락 안에 꼽히는 곡이었다.

"그래? 그럼 바흐는 됐고 네가 가장 좋아하는 곡으로 연주해 보렴."

선생님이 가지런한 빗자국이 그대로 남아 있는 옆머리를 살짝 쓸어 올리며 말했다. 나는 잠시 고민에 빠질 수밖에 없었다. 싫어하는 곡이라면 줄줄이 사탕처럼 쉬지 않고 댈 수 있었지만 아무리 머릿속을 뒤져 봐도 좋아하는 곡은 단 한 곡도 떠오르지 않았기 때문이다. 어찌 보면 당연한 일이었다. 나는 바이올린 연주곡을 아주 싫어했으니까.

처음부터 바이올린을 싫어했던 건 아니다. 나는 다섯 살 때 처음 바이올린을 배웠는데 싫어하기는커녕 하루 종일 바이올린을 손에서 놓지 않았을 만큼 아주 좋아했었다. 그러나 엄마가 내게 바이올린을 가르친 이유를 알게 된 이후로는 그렇게 아름답게 느껴졌던 바이올린의 선율이 그저 깽깽거리는 소음으로밖에 들리지 않게 되었다. 엄마는 나를 위해서가 아니라 단지 비가 현악기 소리를 좋아한다는 이유로 내게 바이올린을 가르쳤던 것이다.

실제로 비는 한참을 이유 없이 끙끙거리다가도 바이올린 연주곡을 틀어 주면 눈물방울이 맺힌 커다란 두 눈이 동그랗게 뜨고는 스피커에서 흘러나오는 소리에 귀를 기울였다. 비가 정말로 연주를 듣고 있는 것인지 아니면 그저 바이올린의 소리에 반응하는 것인지는 알 수 없었지만 어쨌든 비는 바이올린 소리가 들리면 울음을 멈추었고 이내 배시시 미소를 지으며 잠이 들었다.

"좋아하는 곡이 없니?"

선생님이 피곤한 기색이 역력한 얼굴로 미간을 살짝 찌푸리며 물었다.

"아무 곡이라도 좋아. 네가 연주하고 싶은 곡을 연주해 보렴."

"결아, 파가니니는 어때? 멘델스존은?"

다급해진 원장선생님이 케이스에서 바이올린을 꺼내 내 손에 쥐어 주며 물었다.

"정말 아무거나 연주해도 되요?"

"물론이지."

선생님이 고개를 짧게 한 번 끄덕였다. 나는 바이올린을 왼쪽 어깨에 올려놓고 손가락을 움직이기 시작했다. 에른스트의 '여름의 마지막 장미'라는 곡이었다.

나는 지금도 내가 그때 왜 '여름의 마지막 장미'를 연주했는지 그 이유를 모른다. 무언가에 홀리기라도 한 것처럼 손가락이 먼저 제멋대로 움직였고 귀로 듣고 나서야 그 곡이라는 것을 깨달았으니까.

'여름의 마지막 장미'는 하나의 주제에 의한 6개의 변주로 이루어진 곡으로 바이올리니스트의 독주회에서도 잘 볼 수 없을 정도로 테크닉과 스케일이 모두 최고난도에 이르는 굉장히 어려운 곡이다. 오디션을 보러 가기 두 달 전에 아저씨와 함께 갔던 음악회에서 우연히 알게 된 곡이었는데, 그때는 바이올린 솔로로 들은 게 아니라 피아노 반주에 맞춘 유명 소프라노의 노래로 들었던 터라 나는 그 멜로디 부분만을 바이올린으로 연주했다.

겨우 3분 남짓한 짧은 연주였다. 그러나 선생님은 그 한 번의 연주만으로 나를 제자로 받아 주었고 나는 벌써 4년 째 선생님의 가르침을 받고 있다.

"그날 그냥 바흐를 듣고 끝냈어야 했는데."

선생님이 얼음이 가득 든 커피를 한 모금 마시며 중얼거렸다. 지난 4년 동안 내 실력이 이루 말로 할 수 없을 만큼 많이 늘었다는 것은 누가 봐도 분명한 사실이지만 어찌된 일인지 중학교 3학년 때 참가한 콩쿠르에서 2등을 했던 것을 마지막으로 벌써 2년 가까이 그 어떤 입상도 하지 못하고 있다. 나에 대한 심사위원들의 평은 마치 한 사람의 의견처럼 모두 똑같았다. 테크닉은 수준급이라고 할 수 있지만 그게 전부라는 것.

선생님은 그 이유가 내가 바이올린에 집중하지 않아서라고 했다. 고등학교 입시를 앞두고는 하루하루가 정말 전쟁과도 같았다. 선생님은 내가 반드시 예고로 진학해야 한다고 주장했고 나는 절대로 가지 않겠다고 버텼다. 바이올린은 어디까지나 취미여야만 했다. 내가 바이올린을 시작하게 된 이유가 비였고 그렇게 비가 또 한 번 내 인생에 결정적인 영향을 끼친다고 생각하면 도저히 참을 수가 없었기 때문이다. 내가 비의 동생으로 태어난 것은 내 선택이 아니었지만 내 인생만큼은 온전한 내 선택이어야 했다. 엄마는 내가 바이올린을 전공하면 좋겠지만 내가 싫다면 어쩔 수 없다며 뒤로 한 발자국 물러섰다. 나는 끝내 입학시험을 치르지 않았고 그 때문에 반년이 넘는 시간 동안 선생님을 만날 수 없었다.

"한 번 더 해 볼까요?"

나는 허리를 곧게 편 다음 활을 제대로 고쳐 잡으며 물었다. 내가 다시 선생님께 레슨을 받게 된 건 지난해 여름부터였다. 나는 그때도 '여름의 마지막 장미'를 연주했는데, 선생님은 아주 형편없는 연주라며 얼굴을 찌푸렸지만 나를 다시 제자로 받아 주셨다.

"됐고, 집 나간 정신부터 잡아 와."

선생님이 고개를 저으며 의자에서 일어섰다. 벽에 걸린 시계를 보니 예정된 레슨 시간보다 한 시간이 훌쩍 더 지나 있었다. 딱딱하게 굳은 목을 이리저리 돌려 보던 선생님이 굳게 닫혀 있던 방문을 열며 말했다.

"잊지 마. 그 가느다란 줄 4개가 이제는 악보가 아닌 네 미래를 연주한다는 사실을."

내가 마음을 돌리게 된 계기는 의외로 단순했다. 고등학교에 입학하고 2학년이 되자 엄마가 바이올린을 전공으로 하지 않을 거면 대학생이 될 때까지는 잠시 그만두는 게 좋겠다고 했기 때문이다. 전공으로 하지도 않을 건데 다른 아이들은 모두 공부하는 시간에 야간 자율학습까지 빠져 가면서 바이올린 레슨을 시킬 수는 없다고 했다. 나는 그때서야 내가 지금껏 단 한 번도 바이올린을 그만둔다는 생각을 해 본 적이 없다는 사실을 깨달았다. 바이올린은 내가 밥을 먹고 잠을 자는 것처럼 내 생활의 일부였던 것이다.

어쨌거나 바이올린을 그만둘 수가 없어서 전공으로 선택하긴 했지만 가끔씩은 그런 내 자신이 비겁하게 느껴지기도 한다. 마치 다가올 고문이 두려워 모든 비밀을 적에게 털어놓는 한심한 겁쟁이가 되어 버린 것 같아서.

나는 바이올린 케이스를 어깨에 메고 엘리베이터에 올랐다. 지난 며칠 동안은 계속 비가 내린 덕분에 날씨가 선선했는데 어제 오전부터 날씨가 개기 시작하더니 그동안 속에 품고 있던 뜨거운 입김을 한꺼번에 내뿜기라도 하듯 엄청난 폭염이 시작됐다.

금빛 햇살로 물든 나뭇잎 사이에 숨은 매미들은 오늘도 여전히 목이 터져라 울어 댔다. 나는 바이올린 소리에 익숙해진 탓인지 매미 소리가 크게 신경에 거슬리지 않지만 올 여름은 유난히 더 시끄럽게 울어 대는 탓에 구청에 민원을 넣는 사람들까지 있을 정도였다. 겨우 스무 걸음 정도 걸었을 뿐인데 바이올린 케이스를 멘 오른쪽 어깨가 금세 땀으로 축축하게 젖어 왔다.

나는 잠시 아파트 그늘에 멈춰 서서 주위를 둘러보았다. 혹시나 하는 기대감은 역시나 하는 실망감으로 되돌아왔다. '진'이라는 아이와는 그날 이후로 아직 만난 적이 없다. 내게 정말 생각할 시간을 주고 있기라도 한 것처럼 진은 내 앞에 나타나지 않고 있었다. 그러나 아무리 내 기억 속을 샅샅이 헤집어 봐도 '윤진'이라는 이름은 그 어디에도 없었다. 나는 유치원 시절부터 줄곧 왕따였고 친구라고는 환희와 수아가 전부다. 애초에 내가 그런 초등학생 남자아이를 알고 있을 리가 없었다.

나는 마지막으로 한 번 더 주위를 둘러본 다음 108동 유리문 안으로 들어갔다.

"여태까지 레슨한 거야?"

현관문을 열고 집으로 들어가자 분홍색 빨래 바구니를 품에 안은 엄마가 베란다로 나가며 물었다. 나는 대충 고개만 끄덕이고는 방으로 들어가 바이올린 케이스를 침대 옆에 내려놓았다. 서둘러 땀에 젖은 셔츠부터 갈아입으려고 옷장 문을 여는데 책상 위에 놓인 납작한 은색 상자가 눈에 띄었다.

"이게 뭐야?"

나는 상자의 뚜껑을 열며 큰 소리로 물었다. 금색 칸막이 안에 하나씩 들어있는, 17개 모두 다른 모양으로 만들어진 수제 초콜릿이었다.

"아저씨가 주고 간 거야. 요 근처에 취재하러 왔다가 선물로 받은 건데, 결이 네가 좋아할 것 같다고."

나는 타원 모양의 초콜릿을 하나 집어 입 속에 넣었다. 가슴 한가운데가 짜릿해질 정도로 달콤한 맛이 온몸으로 퍼져나갔다.

'나는 알지만, 나를 모르는 사람. 나를 알지만, 나는 모르는 사람.'

나는 곧바로 베란다로 달려가 엄마에게 소리쳤다.

"엄마! 나, 윤 씨야?"

"뭐?"

"내 성 말이야. 윤 씨냐고."

"너 더위 먹었니? 네가 왜 윤 씨야, 단 씨지."

젖은 담요를 건조대에 널고 있던 엄마가 별 이상한 소리를 다 듣는다는 표정으로 나를 힐끔 쳐다보았다.

"아니, 그러니까. 내가 혹시 윤 씨냐고."

그제야 내 질문의 진짜 의미를 눈치챈 엄마가 순식간에 차갑게 얼어붙은 얼굴로 내게 물었다.

"갑자기 그게 무슨 소리야?"

"그냥. 궁금해서."

나는 별일 아니라는 듯이, 어깨를 살짝 으쓱이며 대답했다.

"누가 너 보고 윤 씨래?"

"아니."

나는 피식 웃음을 터트리며 고개를 저었다. 그러나 엄마의 까만 눈동자가 금방이라도 물이 넘칠 것 같은 유리컵의 수면처럼 아슬아슬하게 흔들리고 있어서, 나는 영화 속 한 장면을 따라하며 장난스럽게 물었다.

"그게, 조금 전에 지나가던 여자애 두 명이 나보고 영화배우 윤한빈 닮았다고 수군거리잖아. 그러고 보니까 눈매도 그렇고 코에 있는 점도 그렇고 나랑 좀 닮은 것 같아서. 나 진짜 윤한빈의 숨겨놓은 딸, 뭐 그런 거 아냐?"

"싱겁기는."

나를 가만히 바라보던 엄마가 옅은 한숨을 한 번 내쉬고는 빨래 바구니에서 내 원피스를 꺼내 탈탈 털었다.

"아직 일 년 반이나 남았잖아."

엄마가 축 늘어진 원피스를 옷걸이에 걸며 말했다. 아저씨를 만난 이후로 부쩍 아버지의 존재에 대해서 궁금해하던 내게 엄마는 내가 스무 살이 되면 모든 걸 말해 주겠다고 약속했었다.

"어쨌든 윤 씨는 아닌 거지?"

"쓸데없는 소리 그만 하고 가서 옷부터 갈아입어."

엄마의 무심한 대답이 거짓말 같지는 않았다. 만약 내가 진짜 윤 씨라면 처음 그 질문을 들은 엄마의 반응이 그렇게 무디지는 않았을 거다.

나는 방으로 돌아와 빨간 하트 모양의 두 번째 초콜릿을 입에 넣었다. 이로써 진과 나는 그 어떤 접점도 없음이 확실해졌다. 그러나 진은 나를 알고 나는 진을 모른다.

나는 가만히 눈을 감고 생각했다. 진은 도대체 '누구'일까.

"무슨 생각을 그렇게 해?"

환희가 오색 빛깔 과일로 장식된 빙수 한 그릇과 카라멜 마끼아또 한 잔이 든 쟁반을 테이블 위에 내려놓으며 물었다. 주택가에 위치한 이 작은 카페는 환희와 내가 가장 좋아하는 장소 중의 한 곳이다. 중학교 시절 환희와 함께 근처 도서관으로 봉사활동을 다니며 알게 된 곳인데 카페 앞을 지날 때마다 고등학생이 되면 꼭 여기서 커피를 마셔 보자고 몇 번이나 약속했었다. 그렇게 처음 마셔 본 아메리카노의 쓰디쓴 맛이 지금도 혀끝을 맴돌고 있는 것 같은데, 어느새 우리가 주문한 과일빙수 그릇에는 따로 말하지 않아도 환희가 못 먹는 복숭아 대신 내가 좋아하는 딸기가 그 자리를 대신하고 있을 만큼 단골이 되었다.

"아냐, 아무것도."

나는 고개를 좌우로 흔들며 유리그릇 옆에 놓인 금색 스푼을 집어 환희에게 건넸다. 지난 주말 동안 시골 할머니 댁에 다녀온 환희의 팔등이 투명한 얼음 위에 뿌려진 카라멜 시럽빛으로 반짝였다.

"생각했던 것보다 훨씬 많이 탔네."

"얼굴이랑 팔은 그래도 괜찮은 편이야. 등이랑 가슴은 껍질까지 다 벗겨졌거든."

환희가 콧잔등을 살짝 찡그리며 얼음 가루와 함께 얇게 슬라이스 된 바나나 조각들을 스푼 가득 떴다.

"저녁에 야구 보러 갈까?"

어금니가 시린지, 환희가 손끝으로 왼쪽 턱을 어루만지며 물었다.

"오늘?"

"응. 바빠?"

"아니 그런 건 아닌데, 오늘 너무 덥지 않아? 그냥 집에서 TV로 보는 건 어때?"

"그래도 되고. 그럼 너희 집에서 볼까?"

환희가 고개를 끄덕이며 빨갛게 잘 익은 딸기 하나를 스푼에 담아 입으로 가져갔다.

"아냐, 너희 집에서 보자."

"앗!"

환희가 눈썹을 잔뜩 찌푸리며 새하얀 티셔츠 위로 떨어진 딸기를 손으로 주워 쟁반 위에 올려놓았다.

"옷에도 묻었다."

나는 티슈 한 장을 집어 환희에게 건넸다.

"딸깃물 들기 전에 물로 한번 헹궈 둬야겠어. 잠깐 화장실 좀 갔다 올게."

환희가 자리에서 일어나 2층에 있는 화장실로 올라갔다. 동그란 테이블에 홀로 앉아 딱 먹기 좋을 정도로 녹은 빙수를 한 입 떠먹는데 문득 환희와 함께 처음 이곳에 왔던 날의 일이 떠올랐다.

연분홍빛 꽃잎들이 눈송이처럼 흩날렸던 그날의 메뉴는 뜨거운 아메리카노 두 잔과 초콜릿케이크 한 조각이었다. 초콜릿케이크는 그 이름만큼이나 달콤했지만 처음 마셔 본 아메리카노의 맛은 내가 생각했던 것보다 스무 배는 더 썼다. 그러나 환희와 나는 마치 약속이라도 한 것처럼 단 한 방울의 시럽도 넣지 않았다. 환희의 까만 머리칼을 비추던 햇살이 내 어깨 뒤로 넘어가는 동안 하얀 바닥이 드러난 두 개의 잔에는 가느다란 갈색 링이 하나씩 그려져 있었다. 그리고 그날 저녁, 환희와 나는 아파트 화단 사이에 있는 가로등 아래에서 처음으로 입술을 맞추었다. 초콜릿케이크처럼 달콤하면서도 진한 아메리카노만큼이나 쌉싸래했던 첫 키스의 맛이었다.

"무슨 생각을 그렇게 하냐?"

낯선 목소리에 깜짝 놀란 나는 고개를 들어 눈앞에 보이는 얼굴을 확인했다.

"아……."

목소리의 주인공은 우리 반 부반장인 차은세였다.

"뭐야, 그 실망스런 표정은."

차은세가 코끝을 살짝 찡그리더니 내게 묻지도 않고 마끼아또를 한 모금 쭉 들이켰다. 붙임성이 좋은 아이라는 건 알고 있었지만 이 정도일 줄은 미처 몰랐다.

"수아는 어디 갔어?"

"수아랑 온 거 아냐."

나는 불편한 기색을 숨기지 않고 시선을 옆으로 돌리며 대답했다. 차은세와는 1학년 때부터 같은 반이었지만 지금껏 인사도 제대로 나눠 본 적 없는 어색한 사이였다.

"남자 친구?"

차은세가 의자 위에 놓인 환희의 가방을 힐끗 내려다보며 물었다. 나는 대답 대신 고개를 한 번 짧게 끄덕였다.

"초등학교 때부터 사귄 사이라고 하던데, 진짜야?"

차은세가 또 한 모금의 마끼아또를 마시며 물었다. 나와 대화 한번 제대로 나눠 본 적 없는 차은세가 환희의 존재에 대해서 알고 있다고 해도 전혀 이상한 일이 아니었다. 나는 언제나 소문의 중심에 있는 아이었고 내가 엄마와 성이 같은 사생아라는 것과 B고에 다니는 남자 친구가 있다는 것쯤은 모두가 다 알고 있는 사실이었다.

"아주 틀린 얘기는 아니야."

"그럼 조금은 틀렸다는 얘기?"

차은세가 고개를 갸웃거리며 내게 되물었다.

"초등학교 때부터 친구였던 건 맞지만 정식으로 사귀기 시작한 건 고등학교에 입학하고 나서야."

나는 높낮이가 거의 없는 건조한 말투로 대답했다. 차은세 역시 웃음기가 사라진 눈빛으로 나를 물끄러미 바라보았다. 서환희와 사귀냐는 질문은 중학교 삼 년 내내 귀에 못이 박히게 들었던 질문이었다. 그때는 잘 몰랐지만 지금 생각해 보면 그런 오해를 받는다고 해도 딱히 할 말이 없을 만큼 환희와 가깝게 지냈던 것은 사실이다. 왜냐하면 환희는 내 인생의 첫 번째 친구이자 이 세상에 하나뿐인 친구였으니까.

환희와 내가 처음으로 친구가 된 건 우리가 열두 살이었던 4월의 어느 날이었다. 그날은 환희가 우리 반으로 전학 온 첫날이기도 했고 한 달에 한 번씩 있는 짝을 바꾸는 날이기도 했다. 번호가 적힌 종이를 상자에 넣고 똑같은 번호를 뽑은 아이들끼리 짝이 되는 방식이었는데, 나는 그때 우리 반에서 제일 키가 크고 뚱뚱한 남자아이와 짝이 되었다. 나와 짝이 됐다는 사실에 얼굴이 새빨갛게 달아오를 만큼 화가 난 남자아이는 선생님이 교실을 나가자마자 내 책과 필통을 바닥에 집어 던지며 욕을 하기 시작했다. 당연한 반응이라고 생각했다. 나는 모든 아이들이 손가락질하는 왕따였으니까.

남자아이가 던진 지우개가 정확히 내 오른쪽 뺨 한가운데에 맞은 순간, 내 뒷자리에 앉아 있던 환희가 벌떡 일어나 남자아이의 멱살을 잡아챘다. 그러자 환희의 짝이었던 반장 여자아이가 환희의 귓가에 대고 조용히 속삭였다.

"쟤 사생아야, 태어날 때부터 아빠가 없는 애라고."

"그게 뭐?"

그 한마디와 함께 환희가 남자아이를 밀어 바닥에 넘어뜨렸다. 그러고는 자신의 책상 고리에 걸려 있던 파란색 가방을 빼서 남자아이의 책상 고리에 걸었다. 아이들의 수군거림 같은 건 들리지도 않는다는 듯이, 환희는 교실 바닥을 나뒹굴고 있는 내 연필과 찢어진 책들을 주워 내 책상 위에 놓은 다음 아무 말 없이 내 옆자리에 앉았다.

나는 아랫입술을 꽉 깨물고 있는 환희의 옆얼굴을 가만히 바라보았다. 그런 환희가 고맙다기보다는 신기하다는 느낌이 더 강했던 것 같다. 스스로 내 옆자리에 앉은 아이는 환희가 처음이었으니까. 잔뜩 화가 난 표정과는 달리 왼쪽 뺨 한가운데에 동그랗게 팬 보조개가 재미있다고 생각했다. 내일 아침이면 파란 멍이 들어 있을 내 오른쪽 뺨의 상처도 저런 모양이면 좋을 텐데, 하는 생각을 하기도 했다.

잠시 후 출석부를 손에 든 선생님이 교실로 돌아왔고 선생님은 환희와 남자아이의 자리가 바뀌었다는 것을 한눈에 알아차렸지만 아무런 말도 하지 않았다. 그렇게 나와 환희는 짝이 되었고 그것이 시작이었다.

환희와 짝이 된 이후로 내게 쓰레기를 툭툭 집어 던지던 아이들이 사라졌다. 매일 아침마다 신발장 속에 한가득 들어 있던 쓰레기들도 같이 사라졌다. 환희와 같이 점심을 먹게 되면서부터 내 식판에 지우개 가루를 뿌리던 아이들이 사라졌고 내 식판이 뒤집어지는 일도 사라졌다.

나는 환희와 함께 학교를 가고 함께 집으로 왔다. 덕분에 교실문 옆에 숨어서 내게 발을 걸던 아이들도 사라졌다. 학교 측의 배려가 있었는지 나는 졸업할 때까지 줄곧 환희와 같은 반이 되었고 중학교 역시 같은 학교로 진학했다. 아쉽게도 고등학교는 서로 다른 학교를 다니게 됐지만.

“너, 수아랑 싸웠어?”

차은세가 얼음 한 조각을 사탕처럼 녹여 먹으며 물었다.

“뭐?”

내 목소리가 입안의 얼음만큼이나 차가웠는지 차은세가 짙은 눈썹을 살짝 으쓱이며 말했다.

“수아랑 너, 예전엔 쌍둥이처럼 붙어 다녔잖아.”

“그런데?”

“학원 말이야, 수아가 너 말고 이지수랑 둘이 다니는 거 보니까 신기해서.”

차은세가 내 얼굴을 힐끗 쳐다보며 말했다. 차은세 역시 수아가 다니고 있는 학원에 다니고 있는 모양이었다.

“수아랑 싸운 적 없어. 앞으로도 그럴 일은 없을 거고. 학원은 내가 다닐 필요가 없어서 안 다니는 것뿐이야.”

나는 차은세의 눈을 똑바로 쳐다보며 단호한 목소리로 말했다. 웬만한 소문에는 눈 하나 깜짝하지 않는 나지만 수아와 나 사이를 의심하는 말만큼은 절대로 그냥 내버려 둘 수 없다.

환희가 내 인생의 첫 번째 친구라면 수아는 첫 번째 단짝이다. 환희가 거친 비바람을 막아 주는 커다란 우산 같은 존재라면 수아는 내 몸을 감싸 주는 따스한 우비 같은 존재였다. 누가 더 소중하고 덜 소중하고의 문제가 아니라 우산이 없었다면 쏟아지는 빗방울에 눈도 제대로 뜨지 못한 채 주저앉아 버렸을 것이고 우비가 없었다면 서서히 얼어 죽어 갔을 거라는 얘기다.

환희가 항상 내 곁에 있어 주긴 했지만 나는 중학교에 입학하고 나서도 여전히 왕따였다. 남자아이들의 눈에 보이는 괴롭힘은 완전히 사라진 대신 여자아이들의 눈에 보이지 않는 따돌림이 시작된 것이다. 그건 환희도 어떻게 해 줄 수 없는 문제들이었다. 예를 들면 나를 지칭하는 별명을 만들어 내 앞에서 실컷 욕한 다음에 '결이 너도 그렇게 생각하지 않니?'라고 묻는다거나 발을 헛디딘 척 내 머리에 음료수를 들이붓고는 빙그레 미소를 띤 얼굴로 호들갑스런 사과를 한다거나 이따금 조별 활동을 할 때면 일부러 나만 쏙 빼놓고 과제를 끝낸 다음 선생님께는 단결은 아무것도 하지 않았다고 말해 점수를 못 받게 만드는 식이었다.

보다 못한 환희가 목소리를 높이면 여자아이들은 눈물을 글썽이며 자신들의 결백을 주장했다. 그리고 그 '결백'의 대가는 두 배, 세 배가 되어 고스란히 내게로 돌아왔다. 반장이라는 이유로 일 년 내내 나와 짝을 해야 했던 아이는 나를 괴롭히는 애들의 절반은 내가 환희와 친하다는 이유로 나를 괴롭히는 거라고 했지만 내가 환희와 친하지 않았다고 하더라도 그 아이들은 나를 괴롭혔을 것이다. 환희를 좋아하지 않는 아이들이 그랬던 것처럼.

언제나 실수와 장난이라는 천진난만한 가면을 쓰고 있는 아이들의 괴롭힘 속에서 나는 빠른 속도로 무너져 내렸다.

그런 극심한 스트레스 탓인지 매일이라고 해도 상관없을 만큼 잦은 두통과 복통에 시달렸다. 그날 역시 그랬다. 이유를 알 수 없는 두통으로 밤을 꼬박 새운 나는 평소보다 두 시간정도 늦게 등교를 했다. 버스는 승객의 수보다 빈자리의 수가 더 많을 만큼 한산했고 열린 창틈으로 불어오는 바람은 무척이나 따스했다. 희미하게 남아 있던 두통까지 깨끗하게 날려 버리는 듯한 바람이었다.

그렇게 세 정거장쯤 지났을까, 우리 학교 교복을 입은 여자아이 한 명이 버스에 올랐다. 하얀 얼굴의 여자아이는 한눈에 봐도 많이 지쳐 보였다. 열이 있는지 두 뺨은 빨갛게 물들어 있었고 버스가 흔들릴 때마다 여자아이의 작은 어깨도 힘없이 흔들렸다. 학교까지 두 정거장을 남겨 놓고 여자아이가 갑자기 손바닥으로 입을 틀어막은 채 버스에서 내렸다. 그러면서 휴대폰을 문 앞에 떨어뜨렸고 나는 얼떨결에 그 휴대폰을 주워 여자아이의 뒤를 따라 내렸다.

여자아이는 버스에서 내리자마자 위 속에 들어 있던 모든 것을 토해 냈다. 잠시 후 엉망이 된 얼굴과 얼룩진 블라우스에 여자아이는 울음을 터트렸다. 열다섯 살짜리 여자아이에게는 감당하기 힘든 일이었을 것이다.

나는 가방에서 휴지를 꺼내 여자아이에게 건넸다. 그런 다음 여자아이를 근처 지하철역 화장실로 데려가 내 체육복을 건네주었다. 그날은 체육수업이 없는 날이었지만 나는 항상 체육복이나 여분의 옷을 들고 다녔다. 언제 어디에서 음료수가 쏟아질지 식판이 뒤집어질지 알 수 없었으니까.

내 체육복으로 갈아입고 나온 여자아이가 한결 편안해진 얼굴로 내게 몇 번이나 고맙다는 인사를 했다. 나는 여자아이의 왼쪽 가슴에 검은색 매직으로 쓴 내 이름을 가리키며 괜찮냐고 물었다. 그러자 여자아이가 고개를 갸웃거리며 내게 되물었다.

"이게 뭐?"

여자아이는 이미 병원을 다녀온 후였기 때문에 곧바로 집으로 갔고 나는 어떻게 할지 잠시 망설이다 집으로 향했다. 지끈지끈거리던 머리의 통증은 사라졌지만 이번에는 선물 상자의 리본을 푸는 아이처럼 가슴이 두근두근 뛰었기 때문이다.

다음 날 아침 여자아이가 우리 반으로 찾아와 내 체육복과 함께 오렌지 주스를 내밀었다. 병 속에 담긴 주스를 선물 받은 건 그때가 처음이었다.

우리 반 아이들이 믿을 수 없다는 얼굴로 나와 내 앞에 선 여자

아이를 번갈아 쳐다보았다. 나는 다시 한번 여자아이에게 괜찮냐고 물었다. 그러자 여자아이가 빙그레 미소를 지으며 다시 한번 되물었다.

"도대체 뭐가?"

그날부터 수아는 쉬는 시간마다 나를 찾아왔다. 조각조각 찢겨져 쓰레기통 속에 버려져 있는 내 교과서를 테이프로 하나하나 붙여 주기도 하고 화장실 벽에 적혀 있는 내 이름들을 깨끗이 지워 주기도 했다. 그것 때문에 듣지 않아도 될 욕을 듣고 겪지 않아도 될 일을 겪었지만 수아는 꿈쩍도 하지 않았다. 길가에 핀 꽃이 지는 것만 봐도 눈물을 글썽일 만큼 마음이 여린 아이가.

"그럼 이 기회에 다른 아이들하고도 친하게 지내 봐."

차은세가 마키아또를 한 모금 마시며 말했다. 환희의 마키아또는 이제 4분의 1도 채 남지 않았다.

"네가 신경 쓸 문제는 아닌 것 같은데?"

기분이 상한 나는 손에 쥐고 있던 스푼을 탁 소리가 날 만큼 세게 내려놓으며 차은세의 얼굴을 노려보았다. 그러자 차은세 역시 웃음기가 사라진 얼굴로 나를 가만히 바라보았다. 서늘한 침묵 속에서 유리컵에 맺혀 있던 이슬방울이 컵을 따라 또르르 흘러내렸다. 그때였다. 카페 안으로 들어온 젊은 여자 한 명이 고개를 갸웃거리며 나와 차은세가 앉아 있는 테이블로 다가왔다.

"은세야."

갈색 생머리를 허리까지 늘어뜨린 여자가 차은세의 어깨를 톡톡 두드리며 말했다. 여자는 대학교 1, 2학년쯤으로 보였는데 갸름한 얼굴과 커다란 눈이 돋보이는 굉장한 미인이었다.

"어, 왔어?"

차은세가 위를 올려다보며 여자와 눈인사를 하더니 곧이어 나를 가리키며 말했다.

"인사해, 여긴 나랑 이 년째 만나고 있는 여자 친구."

내가 어이없다는 표정으로 빤히 노려보자 차은세가 평소처럼 피식 미소를 지으며 어깨를 으쓱였다. 누군가에게 미움을 받아 본 적 없는, 그런 건 상상조차 해 본 적 없는 순수하면서도 자신만만한 미소였다.

"어머, 부러워라! 나는 은세 얼굴 한 번 보려면 일주일 전부터 예약해야 되는데. 그것도 내가 먼저 밥도 사 주고 영화도 보여 준다고 사정사정해야 겨우 만나 주고."

여자가 부드러운 눈웃음을 지으며 왼쪽 옆머리를 귀 뒤로 넘겼다. 그러자 차은세가 정말 못 말리겠다는 듯이 고개를 절레절레 저으며 자신의 어깨 위에 놓인 여자의 손을 꼭 잡았다. 서글서글한 외모에 밝은 성격을 가진 차은세는 나와는 전혀 다른 의미로 아이들에게 관심의 대상이었고, 그런 차은세에게 아주 예쁜 연상의 여자 친구가 있다는 소문은 나도 몇 번 들어 본 적이 있다. 과연 소문대로 여자는 눈이 부시다는 표현이 아깝지 않을 만큼 아름다웠고 차은세의 짓궂은 장난쯤은 가볍게 웃어넘길 정도로 어른스러웠다.

"그럼 또 보자."

차은세가 자리에서 일어서며 말했다.

"벌써? 이런, 내가 너무 일찍 왔나?"

여자가 거의 그대로 남아 있는 과일빙수를 내려다보며 물었다. 아무래도 뭔가 오해를 하고 있는 것 같았다.

"아뇨, 은세랑은 우연히 만난 거예요. 전 제 남자 친구랑 온 거고요."

나는 일부러 '남자 친구'라는 단어에 힘주어 말했다. 그러자 여자가 눈썹을 살짝 으쓱이며 물었다.

"아, 그래요?"

"먼저 간다."

차은세가 마지막 한 모금이 남아 있던 마키아또를 모두 마셔 버리고는 여자의 손을 잡고 카페를 나갔다. 유리문을 나가기 직전, 여자가 나를 돌아보며 가볍게 고개를 끄덕였다. 나도 따라 고개를 끄덕이긴 했지만 어쩐지 현실감이 느껴지지 않는 만남이었다. 내 앞에 놓인 텅 빈 유리컵이 아니었다면, 한낮의 나른함 속에 내가 깜박 꿈을 꾼 거라고 생각했을 것이다.

"조심한다고 했는데, 완전히 다 젖어 버렸어."

환희가 배 부분이 전부 젖어 버린 티셔츠를 휴지로 꾹꾹 누르며 의자에 앉았다.

"오늘 햇빛이 좋으니까, 걷다 보면 금방 마를 거야."

"갈증 났었어?"

"어?"

내가 고개를 갸웃거리자 환희가 빙그레 미소를 지으며 텅 빈 유리컵을 가리켰다.

"아, 그게……. 미안, 목이 좀 말랐어. 내가 다시 사 올게."

차은세와 만난 이야기를 하려니 왠지 모를 피곤함이 느껴져서 그냥 대충 둘러대고는 자리에서 일어섰다. 그러자 환희가 내 손목을 붙잡으며 말했다.

"아냐, 괜찮아. 이것만 먹고 일어서자."

환희와 나는 커다란 빙수 그릇을 깨끗하게 비운 다음 카페를 나왔다. 장맛비 덕분에 한동안 잠잠했던 매미 떼가 그동안의 설움을 날려 버리려는 듯 맹렬한 기세로 울어 대고 있었다. 그 때문인지 눈썹을 살짝 찌푸린 환희가 초록빛 파도처럼 늘어선 가로수를 올려다보며 옅은 한숨을 내쉬었다.

아파트 단지로 들어가기 전 야구 중계를 보면서 먹을 간식거리를 사기 위해 마트로 들어갔다. 환희가 노란색 바구니를 손에 들었고 나는 아주머니가 좋아하는 포도 주스부터 바구니에 넣었다.

"엄마 집에 안 계시는데."

환희가 포도 주스를 바구니에서 꺼내며 말했다.

"아줌마 어디 가셨어?"

"어, 아빠랑 부부동반 모임."

"그래도 사자. 나중에 드시면 되지."

환희가 고개를 끄덕이며 포도 주스를 다시 바구니에 넣었다.

"저녁에 배고플 것 같은데, 간단하게 샌드위치 같은 거라도 사 갈까?"

"아냐, 엄마가 저녁은 피자 시켜 먹으라고 했거든."

환희가 콜라가 든 페트병을 바구니에 넣으며 말했다.

"늦게 오신대?"

"아마 내일 오후쯤? 오늘밤은 나 혼자뿐이야."

"우아, 엄청 무섭겠네."

내가 어린아이 놀리듯 말하자 환희 역시 장난스럽게 두 손을 꼭 모으며 말했다.

"어, 엄청 무서워."

그러고는 나보다 한 발자국 앞서 걸으며 한마디 덧붙였다.

"그러니까 늦게까지 놀다 가도 돼."

"알았어."

"진심이야?"

환희가 조금 놀란 듯한 얼굴로 나를 돌아보며 물었다.

"네가 놀다 가라며."

"피자 때문이지?"

"이런, 들켜 버렸네."

내가 빙그레 웃음을 터트리자 아랫입술을 깨문 환희가 고개를 절레절레 흔들며 말했다.

"피자 안 시킬래."

"갑자기 왜!"

"그냥 그러고 싶어졌어."

환희가 바구니 속에 든 물건들을 계산대 위에 올려놓으며 중얼거렸다.

"거짓말이지? 장난치는 거지?"

나는 비닐봉투를 손에 든 환희의 옆구리를 간지럽히며 장난을 쳤다. 간지럼에 약한 환희가 내 손목을 꽉 잡으며 웃음을 터트렸다.

"하하. 장난, 장난."

"음, 어떤 피자 시킬까? 불고기? 아니면 포테이……."

'진이다!'

제 몸처럼 커다란 검은색 가방과 눈에 띄는 검은색 카디건, 건너편으로 보이는 아이의 뒷모습은 진이 확실했다. 진은 빠른 걸음으로 마트 맞은편에 있는 은행 뒷길로 들어가고 있었다.

"정말 미안한데, 나 급한 일이 생겨서 먼저 가 봐야 할 것 같아. 야구는 다음에, 아니 내일 같이 보자. 내가 나중에 전화할게. 미안, 진짜 미안해!"

"결아, 단결!"

나는 환희의 목소리를 뒤로 한 채 서둘러 마트 바로 앞에 있는 지하도로 내려갔다. 평소에 운동을 거의 안 한 탓인지 순식간에 숨이 턱까지 차올랐지만 진을 놓칠 수는 없다는 생각에 입술을 깨물고 계단을 뛰어 올라갔다. 지하도에서 나와 은행 건물 뒷길로 들어선 순간, 가슴의 통증과 함께 다리가 후들거리기 시작했다. 나는 목이 따끔거릴 정도로 차오르는 숨을 고르며 진의 뒷모습을 찾아 헤맸다. 마트 앞에서 여기까지 5분도 채 걸리지 않았을 텐데, 그 어디에서도 진의 모습은 보이지 않았다.

"진!"

나는 진의 이름을 크게 부르며 왼쪽 골목으로 들어갔다. 계속해서 진의 이름을 크게 외쳐 보았지만 내 목소리는 확성기라도 틀어 놓은 듯한 매미 울음소리에 묻혀 흔적도 없이 사라졌다.

"진……."

갑작스런 어지러움과 함께 그대로 풀썩 주저앉고 말았다. 시야가 흔들려서 눈을 뜨고 있기가 힘들었다. 나는 정신을 잃지 않기 위해 소리에 집중했다. 두근두근, 맴맴. 두근두근, 매앰. 제멋대로 뛰던 심장의 움직임이 조금씩 잦아들기 시작했다.

"드디어 내가 누군지 안 거야?"

"진!"

반가운 마음에 벌떡 일어서긴 했지만 이내 중심을 잃고 비틀거렸다.

"뭐야, 왜 이러는 거야?"

진이 허공을 휘젓고 있던 내 팔을 붙잡으며 눈썹을 찌푸렸다.

"별거 아냐. 갑자기 일어섰더니 현기증이 나서."

"쳇, 한심하기는."

진이 나를 힐끗 노려보고는 어깨 뒤를 가리키며 말했다.

"공원으로 가자. 가서 좀 앉아. 지금 네 얼굴, 완전히 파랗게 질린 게 좀비 같아."

내 가방 끈을 잡은 진이 한 발자국 앞서 걷기 시작했다. 여기서 한 블록만 가면 공원 입구였기 때문에 나는 천천히 숨을 고르며 진의 뒤를 따랐다. 우리 집에서 15분 거리에 있는 공원이지만 초등학교 4학년 가을 소풍을 마지막으로 처음 가 보는 곳이었다.

“앉아.”

진이 초록빛으로 물든 벚나무 아래의 벤치에 앉으며 말했다. 거의 칠 년 만에 와 본 공원은 내 기억 속의 모습과는 아주 많이 달라져 있었다. 맨땅이었던 황토색 바닥에는 색색의 보도블록이 깔려 있었고 공원 한가운데에 만들어진 분수는 가느다란 물줄기를 쏘아 올리고 있었다. 흰색과 연보라색 수국이 활짝 피어 있는 화단에는 그림책에서나 볼 법한 귀여운 울타리가 쳐져 있었고 구석진 곳이나 모퉁이마다 호롱불 모양을 본뜬 가로등들이 세워져 있었다.

“옛날이랑 많이 변했네. 그땐 이런 거 하나도 없었는데.”

나는 발끝으로 노란색 보도블록을 쓱쓱 문지르며 조그맣게 중얼거렸다.

“언제 적 얘기를 하는 거야?”

“한 칠 년 전쯤? 그러니까 네가 이제 겨우 막 걸음마를 시작했을 때쯤 말이야.”

“네가 멍청하다는 건 익히 잘 알고 있었지만, 덧셈 뺄셈도 못하는 수준인지는 미처 몰랐다.”

“이 꼬맹이가 진짜 귀엽다, 귀엽다 하니까!”

내가 주먹을 쥐고 꿀밤을 때리려는 시늉을 하자, 진이 까만 구슬처럼 커다란 눈으로 나를 무섭게 노려보며 말했다.

"한 번만 더 꼬맹이라고 부르면 진짜 가만 안 둔다고 했지?"

"그러는 너야말로 누나한테 자꾸 너, 너 거리면 진짜 혼난다."

"흥, 누나는 무슨."

진이 피식 코웃음을 치며 거북이 등껍질 같은 가방을 멘 등을 벤치에 기댔다. 진의 흰색 셔츠 위로 나뭇잎의 그림자가 살랑살랑 나비처럼 흔들렸다. 그러고 보니 진이 입고 있는 셔츠는 그냥 흰색 셔츠가 아니라 옷깃에 두 개의 회색 줄이 그진 교복 셔츠였다. 그것도 전국에서 손꼽히는 명문 중학교의 교복 셔츠.

"너 중학생이었어?"

"이제 알았냐?"

진이 가소롭다는 표정으로 나를 빤히 쳐다보며 물었다.

"너 아직 내가 누군지도 모르지?"

"왜 몰라, 네 이름도 알고 이제 네가 다니는 학교도 아는데. 아, 근데 말이야 이름이 진인 거 맞지? 성이 윤이고."

"그래."

머리를 뒤로 젖힌 진이 나뭇잎 사이로 보이는 하늘을 올려다보며 말했다.

"그러니까 확실히 윤 씨라는 거지?"

고개를 돌려 나를 빤히 쳐다보던 진이 셔츠 주머니에서 노란 명찰을 꺼내 내게 던졌다. 1학년 3반 17번 윤진.

"아니, 나도 이름이 외자라서 사람들이 잘못 알고 있을 때가 많거든. 성이 단이고 이름이 결인데. 성이 좀 특이해서 그런가?"

나는 어깨를 살짝 으쓱이며 대충 얼버무렸다. 이로써 나와 진의 관계를 설명할 수 있는 유일한 가능성이 완전히 사라졌다.

"알아. 네 성이 단이라는 것도 알고 네가 S고등학교 2학년이라는 것도 알아."

"뭐?"

"하지만 진짜 가고 싶었던 학교는 D예고 음악과, 현재 목표는 J음대 관현악과. 엄마는 드라마 작가 단세영. 한 살 위의 언니가 한 명 있고, 어릴 적부터 친구였던 동갑내기 남자 친구도 있지. 계속할까?"

진이 아무런 감정도 읽을 수 없는 얼굴로 내 눈을 똑바로 쳐다보며 물었다. 그와 동시에 깊은 한숨처럼 불어오던 뜨거운 여름바람이 내 앞에서 멈춰 섰다. 하늘하늘 흔들리던 나뭇잎도 움직임을 멈추었고 째깍째깍 흘러가던 시간도 내 앞에서 멈춰 섰다. 그렇게 나와 진을 제외한 이 세상의 모든 것이 움직임을 멈추었다.

"뭐야, 너 도대체 누구야."

나는 차분하게 가라앉은 목소리로 진에게 물었다.

"이걸 봐도 아무것도 떠오르는 게 없어?"

진이 자신의 명찰을 가리키며 되물었다. 내가 아무런 대답도 하지 않자 진이 작은 한숨을 내쉬며 물었다.

"그럼 13년 매미라고 들어 본 적 있어?"

"지금 무슨 소리를 하고 있는 거야?"

"대답해 봐. 들어 본 적 있어, 없어?"

진이 내 앞으로 가까이 다가오며 물었다. 장난을 치고 있는 것 같지는 않았기 때문에 나는 일단 조금 더 기다려 보기로 했다.

"있어."

"그럼 17년 매미는?"

"너 자꾸 이상한 소리 할래?"

"대답부터 하라니까."

"그래, 그것도 들어 본 적 있어."

보통의 매미들이 유충에서 성충이 될 때까지 3년이나 5년 혹은 7년의 주기를 가지는데 비해, 그 기간이 유난히 긴 13년 매미와 그보다 4년이나 더 긴 17년 매미가 있다는 기사를 예전에 얼핏 읽은 적이 있었다.

"좋아, 그럼 지금부터 내 말 잘 들어. 간단히 말해서 나는 13년 매미고 너는 17년 매미야. 내가 너를 찾아온 이유는 올해가 바로 221년 만에 한 번씩 돌아오는 13년 매미와 17년 매미가 만나는 해이기 때문이고. 너는 아직 아무것도 모르는 것 같지만 상관없어. 8월이 끝나기 전에 우리가 왔던 별로 돌아가기만 하면 되니까."

"뭐?"

나는 너무 어이가 없고 기가 막혀서 헛웃음이 터져 나올 지경이었다.

"네가 생각하는 그런 매미를 말하는 게 아냐. 지구에 사는 모든 생물 중에서 우리와 가장 비슷한 삶의 패턴을 가진 종족이 매미라는 거지. 그게 우리가 매미를 선택한 이유이기도 하고."

진의 이야기는 점점 내가 이해할 수 없는 방향으로 흘러갔다.

"그래서 지금 네 말은, 너랑 내가 지구인이 아니라는 뜻이야?"

"말했잖아, 나는 13년 매미들이 사는 행성에서 왔고 너는 17년 매미들이 사는 행성에서 왔다고. 네가 알아들을 수 있는 수준으로 말하면 매미13과 매미17정도 돼."

"그래, 너는 매미13에서 왔고 나는 매미17에서 왔다고 쳐. 그런데 말이야, 그런 멀쩡한 별을 두고 너랑 나, 왜 우리 둘만 지구로 온 건데?"

나는 터져 나오는 웃음을 꾹 참으며 진에게 물었다.

"머지않은 미래에 매미13과 매미17, 두 행성 모두 멸망해 버릴 테니까."

진이 '멸망'이라는 단어와는 전혀 어울리지 않는, 눈부시게 맑은 여름 하늘을 올려다보며 중얼거렸다. 진의 이야기는 이랬다. 매미13과 매미17에 사는 매미인들은 지구의 매미처럼 지하 세계에서 각각 13년과 17년의 성장기를 거친 후 그 다음 세대를 살아갈 알을 낳기 위해 지상으로 올라온다. 그러나 몇천 년 전부터 우후죽순처럼 생겨나기 시작한 천적 행성의 등장과 침입으로 인해 매미인들의 수가 기하급수적으로 줄어들고 있으며 최근에는 5년의 주기를 가진 천적 행성까지 나타나면서 매미인들은 가까운 미래에 우주에서 영원히 사라지게 될 것이라고 했다.

"어떤 천적 행성과도 만나지 않는 해를 안식년이라고 해. 얼마 전까지만 해도 가장 짧은 주기를 가진 천적 행성은 7년이었어. 매미13과는 91년에 한 번, 매미17과는 119년에 한 번 만나게 되지. 다시 말해서 매미 행성들은 그 행성과 만나기 전에 각각 여섯 번의 안식년을 가질 수 있었다는 뜻이야. 천적 행성의 침입으로 절반 가까이 줄어든 매미인의 수를 여섯 번의 안식년을 거치면서 다시 원래대로 돌려놓는 거지. 매미인들은 가까운 미래에 5년의 주기를 가진 천적 행성이 나타날 거라고 예상하고 있었어. 그에 따른 준비도 착실하게 하고 있었지. 그런데 예상보다 너무 빠르게 5년 주기의 천적들이 나타난 거야. 다시 말해서 매미 행성의 안식년이 네 번으로 줄어들었다는 거고. 머지않아 3년의 주기를 가진 적들까지 속속 등장할 거야. 그러니까 매미 행성의 멸망은 시간문제와도 같다는 거지."

"그럼 매미 행성의 멸망을 피해 지구로 왔다는 거야?"

나는 마치 한 편의 SF애니메이션의 예고편을 듣고 있는 것 같은 기분이었다.

"아니, 그 반대야. 우리는 매미 행성의 멸망을 막기 위해 지구로 온 거야."

진이 내 눈을 바라보며 나지막한 목소리로 말했다. 수억만 년의 역사를 가진 매미인들의 멸망을 막을 수 있는 유일한 방법은 새로운 소수 주기를 가진 또 하나의 매미인을 만들어 내는 것, 즉 두 매미인들 간의 결합뿐이라고 했다.

"13년 매미의 DNA와 17년 매미의 DNA를 결합하면 최소 19년 매미에서 최대 211년 매미까지 탄생할 수 있을 거라고 예상하고 있어."

"그럼 결합시키면 되잖아. 뭐가 문젠데?"

또 어떤 황당한 이야기가 튀어나올까, 나는 조금씩 진의 대답이 궁금해지기 시작했다.

"문제는 13년 매미인은 매미17에서는 살 수 없고, 17년 매미인 역시 매미13에서는 살 수 없다는 거야. 두 행성의 기후나 풍토, 구성 물질이 서로 너무나도 상반되기 때문이지. 그래서 매미인들은 이 넓고 넓은 우주를 샅샅이 뒤져 두 매미인들 모두 생존할 수 있는 별을 찾기 시작했어."

"그 별이 바로 지구였다는 거고?"

"그래, 두 매미인들이 모두 생존할 수 있는 별은 지구, 오로지 이 지구별 한 곳뿐이었어."

"그러니까 네 말은 너랑 내가 13년 매미와 17년 매미의 결합을 위해 지구로 보내진 매미인이라는 거야?"

"믿기 어렵겠지만, 사실이야."

진이 나를 힐끗 쳐다보며 고개를 끄덕였다.

"그런데 말이야 왜 너랑 나, 우리 둘뿐인 건데? 더 많은 매미인들을 지구에 보내면 그만큼 새로운 매미인들이 태어날 확률도 높아지는 거잖아."

"그럴 필요가 없으니까. 새로운 주기를 위해 알을 낳을 수 있는 매미인은 오로지 한 명뿐이야. 지구의 여왕벌이나 여왕개미처럼."

나는 눈앞의 꼬마를 어떻게 받아들여야 할지 난감했다. 어느 날 갑자기 나타나 내가 사실은 지구인이 아니라 매미17에서 온 매미인이라고 말하는 이 꼬마를.

"설마, 우리가 지구에 보내진 첫 번째 매미인은 아니지?"

"당연하지. 우리는 지구에서 성장한 9번째 매미인이야."

"그 말은 8번째까지의 매미인들이 모두 결합에 실패했다는 뜻이야?"

"생각했던 것만큼 바보는 아니네."

진이 피식 미소를 지으며 말했다. 나는 꿀밤을 때려 주고 싶은 걸 꾹 참으며 진에게 물었다.

"8번이나 결합에 실패한 이유는 뭔데?"

"이유야 많지. 유충기가 끝나는 13살이나 17살이 되기 전에 한 쪽이 불의의 사고로 죽거나 병에 걸려서 만나지 못한 경우도 있고 너처럼 두 매미인 모두가 자신이 매미인이라는 사실을 자각하지 못해서 만나지 못한 경우도 있었어. 그래서 만들어 낸 것이 바로 지구에 사는 13년 매미와 17년 매미야. 우리 같은 매미인들이 지구로 보내지는 것은 221년에 한 번뿐인 일이지만 그들은 계속 지구에 살면서 조금씩 변화하는 지구의 모든 정보를 매미 행성으로 전달해 주지. 그리고 올해처럼 결합의 기회가 찾아오면 밤낮으로 끊임없이 울어 대서 매미인들의 자각을 돕기도 하고. 지구인들은 13년 매미와 17년 매미를 자연의 신비라고 떠들면서 Magicicada, 즉 마법매미라고 부르지만 사실은 우주에서 온 우리 매미인들의 전령 같은 존재인 거지."

"그럼 나머지 매미인들은 서로 만났음에도 불구하고 결합에 성공하지 못했다는 거야? 왜?"

"결합은 매미인들의 의무가 아니라 선택의 문제니까. 결합을 원치 않으면 매미 행성으로 돌아가지 않아도 돼. 대신 모든 비밀을 묻은 채 지구인으로 살아가는 거지."

"음, 너는 언제 처음 네가 매미인이라는 사실을 깨달았는데?"

"태어날 때부터."

"풋!"

진이 너무나도 진지한 얼굴로 대답했기 때문에 나는 더 이상 웃음을 참을 수가 없었다. 내가 배를 잡고 깔깔거리며 웃자 진이 차갑게 굳은 얼굴로 나를 빤히 노려보았다.

"아니, 이상하잖아. 나는 아무리 매미 울음소리를 들어도 전혀 떠오르는 게 없는데? 올해는 유난히 매미 소리가 크다고 생각한 적은 있지만."

나는 눈가에 맺힌 눈물방울을 훔치며 너무 웃어서 아프기까지 한 배를 살살 어루만졌다. 그러자 진이 내 옆얼굴을 가만히 바라보며 물었다.

"너, 최근 들어서 여길 벗어나고 싶다고 생각한 적 없어?"

"뭐?"

나는 잠시 웃음을 멈추고 고개를 돌려 진의 얼굴을 바라보았다.

"어디론가 멀리 떠나 버리고 싶다는 그런 생각 말이야."

진이 어깨를 가볍게 으쓱이며 말했다. 내가 지금 어떤 표정을 짓고 있는지는 알 수 없었지만 더 이상 웃고 있지 않다는 것만큼은 확실했다.

"한 편의 만화영화 같은 이야기 잘 들었어."

나는 긴 한숨과 함께 벤치에서 일어섰다.

"네가 엄청 똑똑하고 머리가 좋은 꼬마라는 건 잘 알겠는데 말이야, 가끔은 컴퓨터 오락 같은 것도 좀 하고 친구들하고 함께 운동장에서 뛰어놀면서 기분 전환을 해 보는 건 어때?"

나는 입술을 꾹 다문 채 나를 올려다보고 있는 진을 향해 말했다.

"네가 왜 하필이면 나를 선택했는지는 모르겠지만 난 네가 만든 공상 과학 만화의 주인공이 될 생각 같은 건 눈곱만큼도 없거든."

"지금 내 말을 못 믿겠다는 거야?"

진이 벤치에서 벌떡 일어서며 소리쳤다.

"윤진. 너는 9번째 매미인이 아니라, 그저 같이 놀 상대가 필요한 열네 살짜리 꼬마 아이일 뿐이야. 아, 꼬마라고 해서 미안."

"좋아, 마음대로 생각해."

나를 빤히 노려보던 진이 피식 미소를 지으며 말했다.

"언제까지 그렇게 생각할 수 있을지는 모르겠지만."

"그래 그래, 매미 울음소리를 듣고 뭔가 떠오르는 게 있으면 그땐 내 발로 널 찾아갈게."

나는 고개를 절레절레 흔들며 공원 입구를 향해 걷기 시작했다. 바로 그때였다. 마치 누군가 비상벨을 누르기라도 한 것처럼, 눈에 보이지도 않는 매미 떼가 귀가 떨어져 나갈 것 같은 기세로 울기 시작했다.

맴맴— 맴맴— 매암—.

나는 양손으로 두 귀를 틀어막은 채 뒤를 돌아보았다. 나를 지켜보고 있던 진이 자신만만한 얼굴로 어깨를 살짝 으쓱였다. 나는 잠깐 동안 그런 진을 쏘아본 다음 다시 공원 입구를 향해 발걸음을 옮겼다.

내 말이 끝나기가 무섭게 매미 떼가 울어 대긴 했지만, 그다지 놀랄 일은 아니다. 매미는 원래 울었다, 쉬었다를 반복하는 곤충이니까.

그러니까 그저 기막힌 우연이었을 뿐이다.

내가 진에게서 돌아선 것과 동시에 매미 떼가 울음을 터트린 것은.

8월의 세 번째 주

"우리 딸, 아빠는 결이랑 저녁 먹고 올게. 우리 딸도 밥 맛있게 먹어."

아저씨가 비의 하얀 뺨에 볼을 부비며 속삭였다. 지금처럼 두 사람이 함께 있는 모습을 볼 때마다 느끼는 거지만 정말 입이 떡 벌어질 정도로 꼭 닮았다.

"그렇게 나란히 서 있으니까 진짜 쌍둥이 같다. 둘이 키도 똑같지?"

비의 침대에 걸터앉은 아저씨가 엄마와 나를 번갈아 쳐다보며 피식 웃음을 터트렸다. 이것 참, 누가 할 소리를.

"뭐? 내가 이렇게 못생겼다고?"

엄마가 정말 어이가 없다는 듯이 코웃음을 치며 엄지손가락 끝으로 내 얼굴을 가리켰다. 나는 그런 엄마의 손가락을 옆으로 밀치며 얼굴을 살짝 찡그렸다.

"아저씨, 말씀이 너무 지나치신 거 아니에요?"

"아니, 왜. 두 사람 다 너무 예뻐서 하는 소린데."

침대에서 일어선 아저씨가 구겨진 셔츠 자락을 정리하며 고개를 갸웃거렸다.

"엄마 20년 전 얼굴이, 딱 지금 결이 네 얼굴이야. 안 그래, 세영아?"

"선배, 진짜 말이 좀 심하네. 그 정도면 역사 왜곡이야. 내가 애 둘 키우면서 좀 망가지긴 했지만, 그땐 진짜 괜찮았어. 기억 안 나?"

엄마가 어깨까지 내려오는 파마머리를 손등으로 휙 넘기며 아저씨에게 물었다.

"엄마야말로 역사 왜곡하지 마. 엄마 옛날 사진, 나도 다 봤거든?"

"하여간 무슨 말을 못 하겠어, 하하! 근데 말이야, 지금 둘이 똑같은 표정 짓고 있는 거 알아?"

아저씨가 엄마와 나 사이를 재빨리 빠져나가며 장난기 가득한 얼굴로 눈썹을 씰룩거렸다. 나는 그런 아저씨의 뒷모습을 바라보며 고개를 절레절레 흔들었다.

"엄마, 우리 아저씨 눈에 돋보기 하나 놔 드려야겠어요."

"자자, 싱거운 소리 그만들 하고."

반짝반짝 빛나던 멋진 마차가 한순간에 늙은 호박으로 변해 버린 것처럼, 얼굴에서 웃음기가 싹 사라진 엄마가 손목에 감고 있던 고무줄로 머리를 묶으며 말했다. 아저씨와 나는 시계를 보지 않고도 지금이 몇 시인지 알 수 있다.

"저녁 맛있게 먹고, 늦어도 결이 9시까지는 보내 줘. 그럼 부탁 좀 할게."

엄마가 현관문을 활짝 열며 아저씨를 향해 말했다. 현재 시각 5시 55분, 앞으로 5분이 지나기 전에 아저씨는 우리 집에서 나가야 한다.

"세영이 너도 같이 가면 좋을 텐데."

아저씨가 거실 테이블 위에 올려 둔 휴대폰과 차 키를 챙기며 나지막한 목소리로 말했다.

"나는 우리 큰딸이랑 같이 맛있게 먹을 거니까, 신경 안 써도 돼."

부드러운 말투와는 달리, 얼굴은 보는 사람이 머쓱해질 정도로 딱딱하게 굳은 엄마가 피아노 건반을 두드리듯 현관문을 따닥따닥 두드리며 말했다. 그 작은 소리에 팽팽하게 당겨져 있던 내 머릿속의 줄들이 탁탁 끊어지면서 갑자기 가슴이 터질 것 같은 짜증이 치밀어 올랐다.

'떠나고 싶다. 여기서 벗어나고 싶다.'

나는 서둘러 아저씨의 손목을 잡고 밖으로 나가면서 다른 한 손으로 비가 누워 있는 안방을 가리켰다.

"비 배고픈 가 봐. 계속 칭얼거리네."

"그럼 나중에 보자."

엄마가 기다렸다는 듯이 아저씨와 나를 향해 손을 한 번 짧게 흔들고는 현관문을 쾅 닫고 안으로 들어갔다.

"진짜 너무하네."

굳게 닫힌 문을 바라보며 조그맣게 투덜거리고 있는데 아저씨가 엘리베이터의 버튼을 누르며 물었다.

"뭐가?"

"엄마 말이에요. 매번 너무 심하잖아요, 쫓아내는 것도 아니고."

나는 아랫입술을 삐쭉 내민 채 엘리베이터 문이 완전히 닫힐 때까지 현관문을 흘겨보았다.

"그거야 아저씨가 매번 약속을 어기니까 그렇지."

눈썹을 살짝 찌푸린 아저씨가 옅은 미소를 지었다.

"지금 5시 57분이거든요? 6시 되려면 아직 3분이나 더 남았다고요!"

내가 휴대폰 화면을 아저씨의 눈앞에 들이밀며 소리치자 아저씨가 내 어깨를 부드럽게 토닥이며 말했다.

"우와, 우리 데이트 시간이 3분이나 늘었네."

아저씨의 장난스런 대답에 마음만 더 답답해진 나는 어린아이처럼 발까지 쾅 구르며 투덜거렸다.

"아저씨가 이러니까, 엄마가 맨날 자기 마음대로만 하는 거라고요."

"엄마는 자기 마음대로만 하려는 게 아니라, 약속을 지키려는 것뿐이야."

아저씨가 오른손에 쥐고 있는 차 키를 만지작거리며 말했다. 아저씨에게 주어진 시간은 둘째, 넷째 주 토요일 오후 5시에서 6시까지 1시간. 그게 무슨 해가 뜨고 지는 불변의 진리라도 되는 것처럼, 아저씨는 정해진 날짜를 바꿀 수도 없고 시간을 바꿀 수도 없다. 만약 토요일 오후에 일이 생겨 우리 집에 오지 못했다면 아저씨는 비를 만나기까지 꼬박 2주라는 시간을 다시 또 기다려야 하는 것이다.

엄마가 무엇을 그렇게 걱정하는지 무엇 때문에 그렇게 냉정한 태도를 보이는 건지 그 이유는 나도 잘 알고 있다. 그래서 더 화가 나는 건지도 모르겠다. 인정하고 싶지는 않지만, 나는 엄마의 차가운 눈빛에 화가 나는 게 아니라 세상 사람들이 아저씨와 우리를 어떤 눈빛으로 보는지 새삼 가슴이 서늘해질 정도로 깨닫게 만드는 그 차가운 공기에 화가 나는 것인지도 모른다.

벨소리와 함께 엘리베이터의 문이 열리고 나는 아저씨보다 한

발 앞서 유리문이 있는 아파트 입구로 걸어갔다. 문 앞까지 아직 세 걸음은 더 남았는데 굳게 닫혀 있던 유리문이 기다렸다는 듯이 스르르 열렸다. 딴 생각을 하고 있었다면 문이 있었는지도 모를 만큼 날렵한 동작이다. 들어올 때는 아무나 열 수 없는, 오로지 비밀번호를 아는 사람만이 열 수 있는 높고도 단단한 '문'이었는데.

"올해는 유난히 매미 소리가 시끄럽네."

요란한 매미 울음소리에 머리가 다 지끈거리는지 아저씨가 오른쪽 관자놀이 근처를 손끝으로 꾹꾹 누르며 화단 앞에 세워 둔 차 문을 열었다. 차 안의 공기는 숨이 턱 막힐 정도로 무더웠고, 오후의 햇살에 달궈진 시트는 너무 뜨거워서 등을 기댈 수조차 없을 지경이었지만, 귀가 얼얼해질 정도로 울어 대던 매미 소리만큼은 스피커의 볼륨을 확 낮춰 버린 것처럼 희미해졌다.

"덥지?"

아저씨가 시동을 건 것과 동시에 에어컨 버튼을 누르며 물었다.

"잠깐만요."

나는 얼른 에어컨을 끄고 곧바로 창문 버튼을 꾹 눌렀다. 창문이 점점 열릴수록 매미 떼의 울음소리도 점점 커져서 나는 마치 스피커의 볼륨 조절장치를 누르고 있는 듯한 착각이 들었다.

"왜?"

아저씨가 안전벨트를 매며 고개를 갸웃거렸다.

"기분이 어때요?"

"음? 뭐가?"

아저씨가 손 부채질을 하며 무슨 뜻인지 모르겠다는 표정으로 되물었다.

"그러니까, 아저씨는 매미 울음소리를 들으면 어떤 기분이 들어요?"

"지금 이 소리?"

아저씨가 한여름의 벚나무를 올려다보며 중얼거렸다.

"글쎄, 시끄럽다? 귀가 따갑다?"

"여길 벗어나고 싶다든가 어디론가 떠나고 싶다, 뭐 그런 생각은 안 들어요?"

"왜, 결이 너는 그래?"

아저씨가 빙그레 미소를 지으며 물었다.

"아뇨, 제가 그렇다는 건 아니고요."

나는 과장스럽게 손을 휘저으며 활짝 열려 있는 창문을 꼭 닫았다.

"음, 가끔씩 너무 시끄러울 때는 잠시 벗어나고 싶다는 생각도 들지."

아저씨가 차를 조금씩 뒤로 빼며 나지막한 목소리로 말했다.

"그러고 보니 예전에 비슷한 말을 들은 적이 있어."

"네?"

나는 깜짝 놀라 아저씨의 옆얼굴을 바라보며 물었다.

"누가요? 뭐라고 그랬는데요?"

"시골에서 온 친구였는데, 매미 울음소리를 들으면 고향집 앞에 있는 냇가에서 물놀이하던 기억이 나서 여행을 떠나고 싶어진다고 그랬던 것 같아. 덩치도 크고 정말 남자답게 생긴 친구였는데 속은 굉장히 감성적인 면이 있구나, 하고 생각했었지."

"아아, 여행이요."

나는 천천히 고개를 끄덕이며 '여행'이란 단어를 곱씹어 보았다.

"근데 다들 조금씩은 그렇지 않나?"

아저씨가 아파트 입구를 빠져나가기 위해 핸들을 오른쪽으로 꺾으며 물었다.

"매미가 딱 휴가철에 울잖아. 음, 너무 멋없는 생각인가?"

"아뇨! 맞아요, 휴가철. 휴가철이니까 당연히 어디론가 떠나고 싶은 거죠."

나는 손뼉을 짝 마주치며 소리쳤다. 그렇다. 매미 울음소리를 듣고 어디론가 떠나고 싶어진대도 전혀 이상한 일이 아니다. 왜냐면 여름이니까!

나는 콧노래까지 흥얼거리며 창밖의 가로수들을 바라보았다. 어느 날 갑자기 나타난 꼬마 스토커의 허무맹랑한 이야기를 조금

이나마 의식하고 있던 내가 너무나도 바보처럼 느껴졌다. 정말이지 너무 유치하고 부끄러워서 수아에게도 차마 하지 못한 그런 이야기를 말이다.

"결이도 여기저기 여행 다니고 싶지?"

빨간 신호에 걸리자 아저씨가 내 눈을 바라보며 물었다.

"괜찮아요. 스무 살이 되면 혼자서 이곳저곳 많이 다녀 볼 생각이거든요."

나는 지금껏 학교에서 가는 단체 여행을 제외하고는 단 한 번도 여행을 가 본 적이 없다. 이유는 당연히 비 때문이다.

"특별히 가 보고 싶은 곳이라도 있어? 국내, 해외 상관없이 말이야."

그런 사정을 잘 아는 아저씨가 미안함과 안쓰러움이 뒤섞인 눈빛으로 물었다.

"네, 있어요."

나는 장난스런 미소를 지으며 고개를 끄덕였다.

"어디? 아저씨가 미리 찜해 놓을게, 결이 네 스무 번째 생일 선물로."

"우와, 정말요? 근데, 비행기 값만 어마어마하게 나올지도 모르는데 괜찮아요?"

"괜찮아. 적금 붓고 있는 게 하나 있거든. 어디라도 좋으니까, 말만 해. 아예 지구 한 바퀴를 다 돌아 보는 건 어때?"

"음, 지구로는 부족해요."

"응?"

아저씨가 나를 힐끗 쳐다보며 고개를 갸웃거렸다.

"제가 가 보고 싶은 곳은 우주에 있거든요."

"뭐? 우주? 하하."

아저씨가 작은 웃음을 터트리며 말했다.

"이거, 내일부터 당장 적금 하나 더 들어야겠는걸."

"너무 걱정하지 마세요. 어쩌면 공짜로도 갈 수 있을 것 같거든요."

"공짜라니, 그건 또 무슨 소리야?"

"거기까진 비밀이에요."

내가 빙그레 미소를 지으며 어깨를 으쓱이자, 아저씨도 나를 따라 어깨를 으쓱이며 중얼거렸다.

"하여간 비밀모녀라니까."

토요일 저녁이라 그런지 패밀리 레스토랑의 주차장은 빽빽하게 들어선 차들로 빈자리를 찾기가 어려울 정도였고, 레스토랑 안은 물론 대기실까지 발 디딜 틈 없이 붐비고 있어서 예약을 해 두지 않았다면 들어가지도 못하고 나올 뻔했다.

"결이는 양송이 수프 좋아하지?"

"네, 샐러드는 제가 가져갈게요."

뷔페식 레스토랑이라 아저씨와 나는 애피타이저용 음식부터 하나씩 접시에 담기 시작했다. 망고 샐러드부터 치킨 샐러드까지 7가지가 넘는 샐러드들을 천천히 살펴보고 있는데, 노란 머스터드 소스처럼 톡 쏘는 목소리와 함께 새파란 치커리만큼이나 쓰디쓴 시선 하나가 내게로 다가왔다.

"여기서 만나네."

딸기 쇼트케이크 한 조각을 손에 든 이지수가 아니꼽다는 듯이 나를 빤히 쳐다보며 말했다. 차라리 나를 보고도 못 본 척하는 이지수를 보는 게 더 나았을 법한 그런 얼굴로.

"언제 왔어?"

"저 아저씨는 누구야?"

내 인사가 끝나기도 전에 이지수가 주황색 날치 알이 뿌려진 오이 카나페를 접시에 담고 있는 아저씨를 가리키며 물었다. 이지수의 목적은 내가 아니었던 것이다.

"그게……."

아저씨와 나, 우리 두 사람의 모래성이 또 한번 와르르 무너져 내리는 순간이다. 저렇게 멋지고 다정한 아저씨가 나와는 피 한 방울 섞이지 않은, 그러나 '내 언니의 아빠'인 사람이라고 말하면 이지수는 어떤 표정을 지을까.

내가 선뜻 대답을 하지 못하자 이지수가 그럴 줄 알았다는 듯이 코웃음을 치며 물었다.

"너, 원조교제하니?"

"뭐?"

생각지도 못한 이지수의 말에 나도 모르게 풋, 하고 헛웃음이 터져 나왔다.

"지금 웃음이 나와?"

"네가 웃겼잖아."

"너 이러고 다니는 거, 너희 엄마도 아시니?"

한쪽 눈썹을 까딱이며 나를 흘겨보던 이지수가 갑자기 뭔가 떠올랐다는 듯이 눈을 동그랗게 뜨며 말했다.

"아, 맞다! 너희 엄마는 아셔도 딱히 할 말이 없으시겠구나. 이래서 윗물이 맑아야 아랫물이 맑다는 말이 있나봐. 너희 집만 봐도 그래. 윗물부터 구정물이 흐르니까, 아랫물은 아예 구제불능이 돼버렸잖아."

"구정물?"

"왜, 내가 틀린……."

무서운 기세로 쏘아 대던 이지수가 갑자기 입술을 꾹 다물고는 내 머리 위를 빤히 노려보았다.

"결아, 무슨 일 있어?"

어느새 내 옆으로 다가온 아저씨가 나와 이지수의 얼굴을 번갈아 쳐다보며 조심스럽게 물었다. 나는 그런 아저씨의 손을 꼭 잡으며 이지수를 향해 소리쳤다. 지금껏 가슴 속으로만 수백 번, 수천 번이 넘게 중얼거렸던 그 말.

"인사해, 우리 아빠야."

그 순간 이지수의 얼굴이 손에 들고 있는 딸기 쇼트케이크 위의 딸기보다도 더 새빨갛게 물들었다. 나는 차분한 목소리로 입술을 파르르 떨고 있는 이지수를 아저씨에게 소개했다.

"이쪽은 이지수라고, 같은 반 친구예요."

아저씨는 갑작스런 내 행동에 약간 당황한 것 같았지만, 이내 부드러운 미소를 지으며 이지수에게 인사를 건넸다.

"결이 친구였구나. 만나서 반가워."

아저씨가 내 어깨를 살며시 감싸며 말했다. 나는 그제야 내 어깨가 이지수의 입술만큼이나 파르르 떨리고 있다는 걸 깨달았다.

"안녕하세요."

아랫입술을 꽉 깨문 이지수가 아저씨를 향해 고개를 꾸벅였다. 그리고는 잠깐 동안 나와 아저씨를 가만히 노려보더니, 갑자기 더러운 쓰레기라도 발견한 것처럼 눈썹을 확 찌푸렸다. 정확히 내 어깨를 잡고 있는 아저씨의 왼손, 작은 별처럼 반짝이는 결혼반지가 끼워진 아저씨의 네 번째 손가락을 보고.

"죄송해요, 제가 오이 비린내를 맡으면 구역질이 나서요. 그럼 먼저 가 볼게요. 결아, 다음에 보자."

손등으로 코를 막은 이지수가 나를 한번 힐끗 쳐다보고는 테이블이 늘어서 있는 홀을 지나 단체석이 있는 룸으로 들어갔다. 그와 동시에 물이 찰랑찰랑 넘치는 유리컵을 무사히 바닥에 내려놓은 것 같은 안도감이 밀려왔다. 이지수 때문이 아니라 내 거짓말 때문에.

"차도소 같은 친구네."

아저씨가 빙그레 미소를 지으며 말했다.

"차도소요?"

나는 테이블을 향해 발걸음을 옮기며 물었다.

"차가운 도시의 소녀."

"뭐예요, 그게."

나는 장난스럽게 얼굴을 찡그리며 테이블에 앉았다. 그러다 맞은편에 앉은 젊은 여자와 눈이 마주쳤다. 흠칫 놀란 여자가 머쓱한 표정을 지으며 내게서 눈을 돌렸다. 고등학생으로 보이는 여자아이와 아이의 아버지라고 하기엔 너무 젊은 것 같은 성인 남자, 지금 저 여자의 눈에는 아저씨와 내가 어떤 모습으로 비칠까.

"저 때문에 많이 놀라셨죠?"

나는 냅킨을 펴는 척, 시선을 아래로 떨군 채 아저씨에게 물었다.

"결이 너 아저씨 얼굴 못 봤어? 너무 좋아서 입이 여기까지 걸렸었는데."

아저씨가 손끝으로 귀 근처를 가리키며 한마디 덧붙였다.

"너무 좋았지만, 한여름 밤의 꿈처럼 느껴져서 가슴이 좀 아프긴 하네."

눈썹을 살짝 찡그린 아저씨가 엷은 미소를 지으며 말했다. 곧게 뻗은 콧날과 도톰한 입술. 나와는 조금도 닮지 않은 아저씨의 얼굴. 나와는 전혀 다른 아저씨의 얼굴.

"아저씨."

"응?"

"제가 그렇게 엄마랑 많이 닮았어요?"

"닮은 정도가 아니라 똑같이 생겼지. 이 치즈들처럼."

아저씨가 카나페 속에 든 치즈를 가리키며 말했다. 하트 모양의 틀로 찍은, 똑같이 생길 수밖에 없는 치즈 두 장이었다.

"엄마를 안 닮았으면 좋았을 뻔했어요."

나는 포크로 치즈 한 장을 찍어 하트 모양의 반쪽을 베어 물며 말했다. 오렌지 주스를 마시고 있던 아저씨가 말 대신 눈짓으로 왜, 하고 물었다.

"그랬으면 거울을 보면서 상상이라도 할 수 있잖아요."

"상상?"

무슨 뜻인지 잘 모르겠다는 듯이, 아저씨가 고개를 갸웃거리며 되물었다. 나는 포크 끝에 남아 있는 치즈 반쪽을 마저 입안에 넣으며 말했다.

"어떤 사람인지는 몰라도 어떻게 생겼는지 정도는 알 수 있었겠죠."

"결아."

아저씨가 언젠가 빨갛게 열이 오른 비를 바라볼 때의 눈빛으로 나를 바라보며 물었다.

"엄마랑 잘 의논해서 아빠를 한번 만나 보는 건 어때?"

"아뇨, 그러고 싶진 않아요."

나는 단호하게 고개를 가로저었다.

"보고 싶다거나 만나고 싶은 생각 같은 건 전혀 없어요. 그냥, 나한테도 정말 아버지라는 존재가 있는지 확인해 보고 싶은 것뿐이에요. 지금 같아서는 엄마 혼자서 저를 만들고 낳았다고 해도 믿을 수 있을 것 같거든요."

내게 있어 '아버지'라는 단어는 유니콘이나 불새 같은 단어와 그 의미가 크게 다르지 않았다.

"정말 만나 보고 싶은 마음이 요만큼도 없어?"

"네. 그냥 사진 한 장이면 충분해요."

그러자 아저씨가 작은 한숨을 내쉬며 조심스럽게 말을 꺼냈다.

"결아, 결이 아버지도 아저씨랑 비슷한 상황일 수도 있잖아."

"아저씨, 저는요."

나는 잠시 포크를 내려놓고, 네모난 얼음이 들어 있는 차가운 레모네이드를 한 모금 마셨다.

"엄마가 왜 비의 존재를 아저씨에게 말하지 않았는지 이해할 수 있어요. 슬픔을 나누면 반이 된다는 말 있죠? 저는 그 말에 절대 동의할 수 없거든요. 내 슬픔은 절반으로 줄어들지 몰라도 나머지 절반은 고스란히 다른 사람이 짊어지는 거라고 생각해요. 나 때문에 괜히 그 사람까지 아파하잖아요. 더구나 그 사람이 내가 사랑하는 사람이라면 절대로 나눠 주고 싶지 않을 것 같아요. 엄마도 아마 그런 마음이었을 거라고 생각해요."

아저씨가 쓸쓸한 미소를 지으며 고개를 가로저었다.

"사랑하는 사람이 힘들어하는 모습을 지켜보느니, 차라리 내가 대신 아픈 게 훨씬 더 마음이 편안한 것처럼 말이에요."

엄마가 아저씨를 얼마큼 사랑했는지는 엄마가 비를 바라보는 눈빛을 보면 알 수 있다. 그 눈은 사랑하는 연인을 바라볼 때의 눈빛과 조금도 다르지 않다. 오로지 사랑, 완전하고도 순수한 사랑의 눈빛이다.

"그런데 저는 아니잖아요."

엄마는 절대 인정하지 않겠지만, 아주 가끔씩 한잔의 술에 취한 밤이면 정말 어떻게 해야 할지 모르겠다는 눈빛으로 나를 멍하니 바라보곤 했다. 그러고 나면 나를 꼭 끌어안고 주문을 외우듯 내 귓가에 속삭였다. "엄마는 무슨 일이 있어도 비와 결이 너를 지켜 줄 거야, 이 세상에는 오로지 우리 셋뿐이니까. 그리고 이다음에 엄마가 늙고 병들어서 하늘나라로 가게 되면, 그땐 결이가 언니를 지켜 줘야 해. 언니는 너무 작고 약해서 혼자서는 살아갈 수가 없으니까. 엄마랑 약속할 수 있지? 결이 네가 비를 지켜 주는 거야. 결이 네가 비를 지켜 주는 거야. 결이 네가 비를 지켜 주는 거야!"

오래 전에 해외토픽에서 백혈병에 걸린 큰아이를 위해 골수 이식이 가능한 유전자를 가진 맞춤형 아기를 낳은 부부에 관한 뉴스를 본 적이 있다. 나는 그 아기를 보면서 내가 이 세상에 태어난 이유를 조금은 알 수 있을 것 같았다. 그리고 그 이유가 내가 누군가에게서 버려진 존재일지도 모른다는 생각보다는 그나마 견딜 만하다고 생각했다.

"둘 중 하나겠죠. 그쪽에서는 저를 원하지 않았다거나, 저를 원해서는 안 되는 상황이었다거나."

"부모와 자식이라는 건, 인력으로 어떻게 할 수 있는 관계가 아니야. 원한다고 해서 무조건 얻을 수 있다거나 원하지 않는다고 해서 마음대로 버릴 수 있는 관계가 아니란다."

아저씨가 미간을 살짝 찌푸리며 샐러드가 담긴 접시를 내 앞에 놓아 주었다.

"음, 만나야 할 운명이라면 언젠가는 만나게 되겠죠. 아저씨랑 언니처럼요."

"10년 전 그날이 운명이었다고 생각하니?"

아저씨가 빙그레 미소를 지으며 물었다.

"뭔가 이상하다고 생각한 적 없어?"

"뭐가요?"

"결아, 아저씨 직업이 뭐지?"

"기자시죠. 지금은 S일보 정치부 기자."

나는 고개를 갸웃거리며 대답했다.

"아저씨는 10년 전 그때도 정치부 기자였어."

"네? 그럼……."

"그래, 처음부터 알고 간 거였어. 단세영이라는 이름도 그렇고 나이도 그렇고, 내가 아는 세영이가 틀림없다고 확신했지. 대학 다닐 때부터 시 쓰는 걸 좋아해서 시인이 됐을지도 모른다는 생각은 했었는데, 드라마 작가가 됐을 줄이야. 엄마는 TV를 거의 안 봤었거든."

"비가 있다는 것도 알고 계셨어요?"

나는 빨간 방울토마토를 포크로 쿡 찌르며 물었다.

"아픈 아이가 한 명 있다는 건 알고 있었어. 그 아이 때문에 집에서 인터뷰를 진행한다는 것도. 그렇지만 소문에는 대여섯 살 정도 되는 어린아이라고 했기 때문에 그 아이가 내 아이일 거라고는 상상조차 하지 못했지."

비는 열아홉 살인 지금도 비쩍 마른 몸과 작은 키 때문에 열 살 정도로밖에 보이지 않는다.

"연예부 기자인 후배를 대신해서 아저씨가 인터뷰를 간 거야. 가슴이 어찌나 떨리던지, 맥주 한 캔을 비우고 나서야 겨우 벨을 누를 수 있었어."

"기분이 어떠셨어요? 그러니까, 비를 처음 만났을 때요."

"솔직히 말하면 너무 놀랍고 당황스러웠지. 하루아침에 열 살짜리 딸을 가진 아빠가 됐으니까. 동시에 엄마가 너무 원망스럽기도 했고."

아저씨가 가슴이 답답한지 셔츠의 첫 번째 단추를 풀며 말했다.

"처음부터 사실대로 말해 줬다면 많은 것이 달라졌을 텐데, 어쩌면 모든 것이 달라졌을 수도 있었을 텐데, 하고 말이야."

"정말 많은 것이 달라졌겠죠?"

나는 고개를 끄덕이며 조그만 목소리로 중얼거렸다.

"그랬으면 좋았을 뻔했어요."

빈 접시를 정리하던 아저씨가 눈썹을 으쓱이며 물었다.

"응? 방금 뭐라고 했어?"

그랬다면 제가 이 세상에 태어나는 일도 없었을 테니까요. 나는 대답 대신, 아저씨를 향해 눈썹을 한번 가볍게 으쓱였다.

몇몇 직원들이 다가와 레스토랑의 유리창을 가리고 있던 블라인드를 하나둘 올리기 시작했다. 식사를 마치고 자리에서 일어섰을 무렵에는 뜨겁게 타오르던 태양을 대신해 오렌지빛 가로등들이 거리를 밝히고 있었다.

아저씨는 오늘도 나를 집 앞까지 데려다주었고 엄마는 집 안의 모든 창문을 열어 둔 채 비와 함께 가벼운 저녁잠에 빠져 있었다. 나는 내 방으로 들어가 옷도 갈아입지 않고 그대로 침대에 벌렁 드러누웠다. 그때였다.

맴맴— 맴맴— 매암—.

방충망만 닫혀 있는 창가에 매미 한 마리가 다가와 큰 소리로 울기 시작했다. 나는 낯선 매미의 울음소리를 자장가 삼아 눈을 꼭 감았다. 아저씨의 친구가 그랬던 것처럼, 어디론가 여행을 떠나고 싶은 여름밤이었다.

아침부터 줄곧 소파 위에 늘어져 있는데, 테이블에 올려 둔 휴대폰이 울렸다. 저녁을 같이 먹자는 수아의 전화였다. 그러고 보니 수아의 얼굴을 본 지도 벌써 일주일이 넘어가고 있었다. 작년까지만 해도 얼굴을 안 본 날이 없을 정도로 붙어 다녔던 우리였는데.

오늘 저녁은 이미 환희와 함께 야구 중계를 보기로 약속을 해 둔 상태였지만, 수아 역시 7시 반부터는 학원 수업이 있었으므로 나는 흔쾌히 고개를 끄덕였다.

약속 장소인 학교 근처의 샌드위치 가게로 갔더니 먼저 도착한 수아와 이지수가 나를 기다리고 있었다.

"어서 와. 오늘 진짜 덥지?"

수아가 빳빳한 광고 전단지를 반으로 접어 부채질을 해 주며 물었다.

"그러네. 보충수업은 이번 주가 끝이지?"

나는 수아의 손을 살며시 테이블 위로 내리며 무표정한 얼굴로 앉아 있는 이지수를 힐끗 쳐다보았다.

"응, 드디어!"

수아가 두 주먹을 불끈 쥐며 하얀 이가 다 드러날 만큼 활짝 웃었다.

"수아야 뭐 먹을래?"

이지수가 내 쪽으로는 눈길 한번 주지 않고 메뉴판을 훑어보며 물었다.

"음, 나는 에그 샌드위치. 결이 너는?"

"나는 햄 치즈로 할게."

"여기요!"

이지수가 손을 들어 냅킨을 접고 있던 종업원을 불렀다.

"여기 에그 하나랑 햄치즈 하나, 그리고 롤 샌드위치 하나 주세요."

잠시 후 내가 주문한 햄치즈 샌드위치가 제일 먼저 나오고 다음으로는 이지수의 롤 샌드위치가, 그리고 마지막으로 계산서와 함께 수아의 에그 샌드위치가 나왔다.

"아, 오이 빼 달라고 하는 거 까먹었다."

수아가 코끝을 살짝 찡그리며 샌드위치의 한쪽 식빵을 들어 안에 들어 있던 슬라이스 오이 두 개를 빼냈다.

"이걸 왜 안 먹어, 오이가 얼마나 상큼한데."

이지수가 수아가 골라 놓은 오이 한 조각을 포크로 콕 찍어 나를 빤히 쳐다보며 먹기 시작했다. 사각사각, 오이 씹는 소리가 마치 손톱으로 칠판을 긁는 소리처럼 내 귀를 날카롭게 찔러 댔다.

"생오이나 다른 음식에 들어 있는 오이는 괜찮은데, 이상하게 빵 안에 들어 있는 오이는 못 먹겠어."

수아가 어깨를 으쓱이며 샌드위치를 크게 한 입 베어 물었다.

"그건 뭐야?"

나는 이지수의 시선을 애써 모른 척하며 수아의 옆자리에 놓인 분홍색 종이 상자를 가리켰다.

"아, 이거? 저기 편의점 건너편에 있는 제과점에서 산 컵케이크인데, 엄청 예쁘지?"

수아가 약간 들뜬 목소리로 상자의 손잡이 부분을 열어 안에 들어 있는 컵케이크 두 개를 보여 주었다. 하늘색 버터크림 위에 무지갯빛 별사탕이 뿌려진 것과 하얀 생크림 위에 조그만 체리 세 개가 올려진 것으로 정말 먹기 아까울 정도로 예쁜 컵케이크들이었다.

"진짜 귀엽다. 누구, 선물로 주려고 산 거야?"

"응, 은세한테 주려고."

"은세? 차은세?"

전혀 생각도 하지 못했던 이름에 나는 내 귀를 의심하며 되물었다.

"그래, 우리 반 차은세. 내가 아까 학교에서 물병을 쏟는 바람에 은세 문제집이 다 젖어 버렸거든. 은세는 어차피 다 푼 문제집이라고 신경 쓰지 말라고 했는데, 어떻게 그래. 다 풀었다고 버리는 것도 아닌데. 그렇다고 똑같은 문제집을 다시 사 주는 것도 좀 그렇고 해서 이걸로 대신하려고."

내가 떨떠름한 표정으로 고개를 끄덕이자 이지수가 나를 힐끗 쳐다보며 물었다.

"단결 너, 작년에도 은세랑 같은 반이지 않았어?"

"어, 맞아."

"은세, 그때도 인기 많았지?"

"그랬던 것 같아."

"하긴. 얼굴도 귀엽고 성격도 좋은데다 공부까지 잘하는데, 인기가 없으면 이상한 거지. 안 그래?"

이지수가 무슨 이유에선지 수아를 바라보며 빙그레 미소를 지었다. 그러자 수아 역시 그 의미를 알 수 없는 옅은 미소를 지으며 티슈 한 장을 집어 입가를 닦았다.

"그런가."

한숨 섞인 목소리로 조그맣게 혼잣말을 한 거였는데, 이지수가 순식간에 싸늘해진 얼굴로 내게 물었다.

"왜, 넌 그렇게 생각 안 해?"

"글쎄. 내 타입은 아니라서."

"네 타입이 아니야? 어떤 점이?"

이지수가 흥미롭다는 듯이 한쪽 눈썹을 까딱이며 물었다.

"그냥, 좀 가벼워 보이잖아."

"가벼운 게 아니라 성격이 좋은 거지. 그 정도도 구분 못 하니?"

"적어도 내 기준에는 그렇다는 거야."

"너한테도 그런 기준이 있었어?"

이지수가 피식 코웃음을 치더니, 언제나처럼 똑똑히 들으라는 듯이 큰 소리로 중얼거렸다.

"뻔뻔한 것도 정도가 있지."

"지수야."

수아가 이지수의 팔목을 끌어당기며 미안하다는 눈빛으로 나를 바라보았다. 평소 같았으면 이쯤에서 멈췄을 이지수가 오늘만큼은 그냥 넘어갈 수 없다는 듯이 내 얼굴을 빤히 노려보며 불화살을 쏘아 대기 시작했다.

"단결, 너 지금까지 은세랑 대화 한번 제대로 나눠 본 적 없잖아. 그런 주제에 은세가 가볍네, 어쩌네 떠들어 대는 건 좀 웃긴 것 같은데."

"사람에 대한 감정이 모두 똑같을 순 없겠지. 이지수 네가 차은세를 어떻게 생각하든 상관 안 해. 내가 상관할 바도 아니고. 그렇지만 나는 차은세처럼 모든 사람이 자기를 좋아할 거라는 착각에 빠져서 아무한테나 친한 척하는 애들, 진짜 별로거든."

차은세를 만났던 날의 불편함이 고스란히 떠오르면서 나도 모르게 목소리가 조금씩 높아졌다.

"그거 자격지심이니?"

"뭐?"

"은세처럼 훌륭한 부모님 밑에서 뭐 하나 부족한 것 없이 잘 자라서 누구한테나 사랑 받는 아이를 보면 속이 뒤틀려? 그래서 그렇게 말도 안 되는 꼬투리를 만들어 내서라도 깎아 내리고 싶은 거야?"

차은세를 향해 느꼈던 불편함의 근원. 애써 외면하고 있던 그 정곡을 이지수에게 들켜 버린 것 같아서 나는 필사적으로 손에 든 방패를 휘둘렀다.

"차은세가 어떤 집에서 어떻게 자랐는지는 모르겠지만, 아무 여자한테나 여자 친구라고 부르는 애라는 건 알아. 그것도 자기 진짜 여자 친구 앞에서."

"여자 친구? 은세한테 여자 친구가 있었어?"

눈이 동그래진 수아가 믿을 수 없다는 표정으로 물었다.

"며칠 전에 우연히 봤어."

"누구, 우리 학교 애야?"

수아의 목소리에 작은 떨림이 느껴졌다. 분명히 이지수를 향해 쏘아 올린 화살이었는데, 어째서 수아가 저렇게 괴로운 얼굴을 하고 있는 걸까.

"아니. 대학생인 것 같았어."

"우아, 대학생? 그럼 연상의 여자 친구가 있다는 소문이 사실이었구나. 하긴, 은세 정도면 그럴 수도 있겠다. 저기, 나 잠깐 화장실 좀 갔다 올게."

눈에 띄게 표정이 어두워진 수아가 서둘러 자리에서 일어나 가게 안쪽에 있는 화장실로 뛰어갔다.

"너 그거 확실한 거야?"

이지수가 매서운 눈빛으로 나를 노려보며 물었다.

"내 눈으로 똑똑히 본 거야."

"아무리 네가 직접 본 거라고 해도 그렇지, 그 얘기를 굳이 수아 앞에서 할 필요는 없잖아."

"수아가 왜?"

나는 무엇을 확인하려고 이런 질문을 이지수에게 던지는 걸까.

"몰라서 물어? 너 같으면 네가 좋아하는 남자애한테 대학생 여자 친구가 있다는 말 같은 거 듣고 싶겠어?"

이지수가 대답할 가치도 없다는 듯이 물었다. 너도 뻔히 알고 있으면서 왜 묻느냐는 듯한 이지수의 눈빛.

"차은세한테 여자 친구 있는 거, 몰랐어?"

"정확하게 물어본 적은 없었어. 방학하기 전까지만 해도 없는 게 확실했으니까."

이지수가 아랫입술을 질끈 깨물며 가슴까지 내려오는 까만 생머리를 어깨 뒤로 휙 넘겼다.

"참, 너 8반에 유진이 알지?"

"강유진 말하는 거야?"

8반의 강유진이라면 중학교 2학년 때 한 번 같은 반을 한 적이 있다. 동그란 얼굴에 전국대회에서 대상을 받을 만큼 그림을 잘 그리는 아이였다.

"걔, 다음 주에 미국으로 유학 가는 거 알아?"

"그래? 잘됐네."

"풋, 잘되긴."

이지수가 쓰디쓴 미소를 지으며 어깨를 으쓱였다.

"유진이 임신했대. 걔 남자 친구가 나랑 초등학교 때부터 친구거든. 엄마들끼리도 친하고. 근데 유진이가 애기 낳겠다고 고집을 피우는 바람에 난리도 아니었나봐."

"그래서 어떻게 하기로 했는데?"

"어떻게 하긴 뭘 어떻게 해, 당연히 수술했지."

이지수가 '수술'이라는 단어를 아무렇지 않게 내뱉으며 말했다.

"어제 우연히 그 남자애랑 만났는데, 무슨 지옥에서 살아온 것처럼 안도의 한숨을 내쉬더라. 유진이가 끝까지 고집 피우면 어쩌나 무서웠다면서. 진짜 어처구니가 없어서 몇 마디 쏘아 주긴 했는데 아직도 분이 안 풀려. 그런 걱정은 그런 짓을 저지르기 전에 했었어야지. 안 그래?"

이지수가 내 얼굴을 빤히 쳐다보며 소리 없는 쓴웃음을 지었다.

"무슨 뜻이야?"

"그냥, 너도 조심하라고."

그와 동시에 수아가 좋아하는 아이돌 그룹의 신곡이 이지수의 휴대폰에서 흘러나왔다.

"왜, 무슨 일 있어?"

이지수가 여보세요란 말도 하지 않고 걱정스러운 얼굴로 물었다.

"지혜야, 진정하고 천천히 말해 봐. 그래야 언니가 알아듣지 왜, 왜 그러는데."

순식간에 얼굴이 하얗게 질린 이지수의 목소리 역시 바람 앞의 촛불처럼 흔들리고 있었다.

"알았어, 언니 지금 당장 갈게."

전화를 끊은 이지수가 가방을 어깨에 메며 소리쳤다.

"수아한테 나 급한 일이 생겨서 집에 간다고 좀 전해 줘."

이지수가 주머니에서 천 원짜리 지폐를 손에 잡히는 대로 테이블 위에 꺼내 놓고는 샌드위치 가게를 뛰쳐나갔다.

나는 이지수가 아무렇게나 던져 놓은 지폐들을 주워 하나로 모았다. 중간에는 만 원짜리도 섞여 있어서 우리가 먹은 샌드위치를 모두 계산하고도 남을 만큼의 액수였다.

"어? 지수는?"

화장실에서 나온 수아가 이지수가 앉아 있었던 자리를 바라보며 물었다.

"집에서 온 전화 같던데. 급한 일이 생겨서 먼저 간다고 전해 달래."

"집?"

수아가 고개를 갸웃거리며 자리에 앉았다.

"지혜라고 했던 것 같아."

"아, 지혜! 지수 동생 맞아. 지혜가 아마 둘째 동생인가 그럴 거야."

"동생이 둘이나 돼?"

"아니, 한 명 더 있어. 지수까지 딸만 넷. 굉장하지? 나는 외동이라 그런지, 형제가 많은 집을 보면 너무 부러워. 근데, 갑자기 무슨 일이지?"

"글쎄, 많이 급한 것 같던데. 정신없이 나갔거든. 돈도 이렇게나 많이 던져 주고."

나는 반으로 접어 쟁반 밑에 끼워 둔 지폐를 가리켰다.

"그래? 별일 아니어야 할 텐데."

수아가 오렌지 주스를 세 모금쯤 들이켜고는 컵케이크가 든 종이 상자를 펼치며 말했다.

"이거, 그냥 우리가 먹어 버리자. 결이 넌 어떤 거 먹고 싶어? 별사탕? 생크림 체리? 아니면 반반씩 나눠 먹을까?"

"수아야."

화장실에 다녀온 이후로 쉴 새 없이 재잘거리던 수아가 그제야 이야기를 멈추고 내 얼굴을 바라보았다.

"지수한테 들었구나."

수아가 쓸쓸한 미소를 지으며 말했다.

"지수도 일부러 얘기한 건 아니야. 지수는 나도 당연히 알고 있을 거라고 생각했던 모양이야."

"미안."

수아가 시선을 아래로 떨구며 옅은 한숨을 내쉬었다.

"사과할 일은 아닌 것 같은데."

"너한테 일부러 말 안 했던 건 아니야. 그냥, 우리가 요즘 자주 못 만났잖아. 결이 너는 너대로 바쁘고, 나는 나대로 바쁘고. 아무래도 지수가 같이 있는 시간이 많다 보니까, 자연스럽게 지수한테 먼저 얘기하게 된 것 같아."

"그래, 나도 알아."

나는 어색한 미소를 지으며 고개를 끄덕였다. 야간 자율 학습에서 빠진 것도 나고, 여름방학 보충수업에서 빠진 것도 나다. 수아가 내게서 멀어진 것이 아니라 내가 수아에게서 멀어진 것이 분명함에도 어째서 이런 서운함이 밀려오는 걸까. 이지수의 말대로 내가 정말 뻔뻔해서 그런 걸까.

"미안해, 실연 소식부터 전하게 돼서."

수아가 장난스럽게 눈물을 닦는 척하며 코를 훌쩍였다.

"은세 여자 친구는 어땠어? 예뻤어?"

"아니, 그냥 그랬어."

나는 고개를 옆으로 흔들었다.

"엄청 예뻤구나."

수아가 어깨를 힘없이 축 늘어뜨리며 말했다. 내가 또 오른쪽 눈을 깜빡인 모양이다. 이건 수아가 가르쳐 준 엄마도 모르는 내 버릇인데, 거짓말을 할 때나 마음에 없는 소리를 할 때면 마치 윙크라도 하는 것처럼 아주 빠른 속도로 오른쪽 눈을 한 번 깜빡인다고 했다.

"환희랑 약속 있다고 했지? 이거 가져가서 환희랑 같이 먹어."

수아가 종이 상자를 내 앞으로 내밀었다.

"아냐, 이걸 우리가 어떻게 먹어."

"부탁이야, 그냥 그렇게 해 줘. 아, 환희한테는 이 컵케이크의 원래 주인에 대해선 비밀!"

수아가 곧게 세운 검지를 입술에 대며 말했다.

"알았어, 잘 먹을게."

내가 어쩔 수 없이 상자를 받아 들자 수아가 평소처럼 환한 미소를 지으며 내 손을 잡았다.

"환희 잘 지내지? 그러고 보니 환희 얼굴 본 지도 꽤 오래됐네.

방학 전에 보고 못 본 것 같은데."

"응, 잘 지내. 얼마 전에 할머니 댁에 며칠 다녀오더니 선탠이라도 한 것처럼 까맣게 타서 돌아왔어."

내 얼굴을 가만히 바라보던 수아가 한쪽 눈을 찡긋거리며 말했다.

"그럼 슬슬 일어설까?"

가게 밖은 여전히 한낮처럼 뜨거웠고 가로수의 매미들은 거리의 모든 소음을 삼키면서 울어 대고 있었다. 매미 소리에 완전히 질려 버린 듯한 수아는 정류장 벤치에 앉자마자 손가락으로 양쪽 귀를 막아 버렸다.

수아와 나는 아무 말 없이 버스를 기다렸고 10분쯤 지나 도착한 버스에 함께 올랐다. 우리 동네로는 가지 않는 버스였기 때문에 나는 수아와 함께 학원 앞 정류장에서 내린 다음, 그곳에서 다시 집으로 가는 버스로 갈아탔다. 그래서 환희 집에 도착했을 땐 거의 8시가 다 되어 있었고 야구 경기는 7회 말 종료까지 아웃 카운트 하나만을 남겨둔 상황이었다.

"벌써 7회야?"

"에이스 맞대결답게 1회부터 계속 투수전이이야. 지금까지 나온 안타수가 양 팀 합쳐서 1개."

환희가 리모컨으로 TV 볼륨을 낮추며 말했다.

"아줌마랑 아저씨는?"

"아빠는 출장 가셨고 엄마는 이모네. 좀 늦으실 거래."

환희가 옆자리에 놓여 있던 쿠션을 내 무릎 위에 올려 주며 대답했다.

"이거, 수아가 우리 먹으라고 줬어."

나는 종이상자를 열어 안에 든 컵케이크를 환희에게 보여 주었다.

"우와, 맛있겠다."

"어떤 거 먹을래, 별사탕? 생크림?"

"너는?"

"나는 아무거나 상관없어."

"그럼, 내가 이거 먹을게."

환희가 별사탕 컵케이크를 꺼내 분홍색 유산지를 반쯤 벗겼다.

"진짜 맛있다."

환희가 윗입술에 묻은 하늘색 크림을 혀로 핥으며 엄지손가락을 내밀었다.

"그래?"

나는 생크림 컵케이크 위에 올려진 체리를 하나 집어 먹었다. 잘 익은 체리와 부드러운 생크림이 어우러져 기분이 좋아질 만큼 달콤한 맛이었다.

"아, 맞다. 잠깐만."

7회 말이 끝나고 중간 광고가 나오자 환희가 소파에서 일어나 자신의 방으로 들어갔다. 나는 TV채널을 이리저리 돌려 보며 두 번째 체리를 입안에 넣었다. 잠시 후 방에서 나온 환희가 조그만 명함 같은 것을 내게 건넸다. 환희의 증명사진이 제일 먼저 눈에 들어왔다. 네모난 카드의 정체는 지난 5월에 만 17세가 된 환희의 주민등록증이었다.

"오늘 받은 거야?"

"응, 따끈따끈한 신상이야."

"기분이 이상해."

사진 속 환희의 얼굴이 너무나도 낯설게 느껴졌다. 가끔씩 눈을 감고 환희의 얼굴을 떠올리면 지금의 환희가 아닌 열두 살 환희의 얼굴이 먼저 떠오르곤 한다. 꿈속에서도 마찬가지다. 우리가 열네 살이 되고 열여섯 살이 되고 열여덟 살이 되어도, 내 안의 환희는 언제나 열두 살에 머물러 있는 것이다.

"이거 무슨 환 자야?"

나는 환희의 이름 옆에 적힌 세 개의 한자 중 가운데 글자를 가리켰다.

"불꽃 환."

"불꽃 환에 빛날 희라, 빛나는 불꽃이라는 뜻이야?"

"아마도. 단씨는 무슨 한자를 쓰는데?"

"층계 단."

환희가 남아 있는 컵케이크를 몽땅 입안에 털어 넣으며 고개를 끄덕였다. 야구는 8회에도 점수를 내지 못하고 9회 초로 넘어갔다.

"통지서 받았어?"

환희가 반으로 접은 유산지를 쓰레기통에 넣으며 물었다.

"무슨 통지서?"

"주민등록증 발급 통지서."

"아직. 생일도 안 지났는데 뭐."

주민등록증은 만 17세가 지나야 발급이 되는 걸로 알고 있다. 나는 지금 18살이지만 정확히 말하면 16년하고도 11개월 반을 조금 지났을 뿐이니까.

"내 친구들 보니까, 생일이 월말인 경우에는 일찍 나오기도 하던데. 결이 너도 31일이잖아."

환희가 거실 벽에 걸린 달력을 힐끗 쳐다보며 중얼거렸다.

"그러고 보니 생일까지 2주도 채 안 남았네."

"여름방학도."

8월 31일은 내 생일이자 여름방학의 마지막 날이다. 거의 매년 그래 왔기 때문에 그날은 내게 있어 아주 기쁘면서도 슬픈 날이었고 올해 역시 마찬가지였다.

"특별히 갖고 싶은 거라도 있어?"

"글쎄."

"지금부터라도 잘 생각해 봐."

나는 대답 대신 고개를 천천히 끄덕였다. 야구 경기는 어느새 9회 말로 접어들고 있었다. 나는 마지막 하나가 남은 체리와 함께 컵케이크를 크게 한 입 베어 물었다. 고깔 모양으로 쌓여 있던 생크림이 무너지면서 손등을 타고 흘러내렸다.

"입술에 생크림 묻었어."

환희가 내 얼굴을 보며 피식 웃음을 터트렸다. 나는 티슈로 손가락에 묻은 생크림을 닦으며 혀끝으로는 아랫입술을 슬쩍 핥았다.

"아니, 거기 말고 여기."

환희가 고개를 저으며 엄지손가락으로 직접 내 윗입술에 묻은 생크림을 닦아 주었다. 그리고는 내 얼굴을 가만히 바라보더니 왼쪽 뺨에 가볍게 입을 맞추었다.

"앗, 선두타자 출루."

어쩐지 얼굴이 화끈거릴 만큼 쑥스럽게 느껴져서 멋쩍은 미소를 지으며 TV화면을 가리키는데, 환희가 갑자기 내 손목을 획 끌어당기더니 내 입술에 자신의 입술을 맞추었다.

나는 가만히 눈을 감고 환희의 일렁이는 마음을 느꼈다. 환희의 뜨거운 체온이 입술을 타고 고스란히 내게로 전해지면서 내 뺨에도 빨간 열꽃이 하나둘 피어나는 것이 느껴졌다. 환희를 좋아하는데, 정말 정말 환희를 좋아하는데, 빛나는 불꽃처럼 뜨겁게 타오르는 환희의 입술에 나는 점점 숨이 막혀 오기 시작했다.

"그만해!"

깊은 연못 속으로 가라앉고 있던 내 몸이 바닥에 닿은 순간, 나는 환희의 어깨를 거칠게 밀어내며 소리쳤다.

"미안."

들뜬 마음 때문인지 무안함 때문인지, 얼굴이 빨갛게 달아오른 환희가 머리까지 꾸벅이며 내게 사과했다. 왠지 그런 환희의 얼굴을 마주 볼 수가 없어서, 나는 바닥에 떨어진 쿠션을 줍는 척 고개를 돌리며 말했다.

"숨을, 숨을 쉴 수가 없잖아."

"정말 미안해."

손바닥으로 이마를 감싼 환희가 긴 한숨을 내쉬며 다시 한번 사과했다. 거실의 온도가 순식간에 10℃는 내려간 것 같았다. 환희와 나를 감싸고 있는 그 어색하고 차가운 공기를 도저히 견딜 수가 없어서 나는 짐짓 아무 일도 없었던 것처럼 소파에 등을 기대며 말했다.

"아, 만루다."

선두타자의 안타 이후, 급격하게 흔들린 투수의 제구력은 두 타자 연속으로 볼넷을 내주며 무사 만루의 위기를 자초했다.

"막을 수 있을까?"

"힘들 것 같은데. 외야플라이만 쳐도 점수가 나니까. 게다가 4번 타자고."

환희 역시 TV화면에 시선을 고정시킨 채 대답했다.

"스퀴즈라도 할 생각인가, 3루 주자 리드 폭이 너무 큰 것 같은데."

환희의 중얼거림과 동시에, 투수가 3루를 향해 견제구를 던졌다. 깜짝 놀란 주자가 베이스를 향해 몸을 날렸지만, 완벽한 아웃 타이밍이었다. 1사 1, 2루라면 아직 해 볼 만하다. 여기서 병살타라도 나와 준다면 당장 연장전으로 끌고 갈 수도 있다. 그러나 투수가 던진 공은 3루수의 글러브를 훌쩍 벗어났고 3루 주자는 전속력으로 홈을 향해 파고들었다. 전광판의 숫자가 0에서 1로 바뀌었다. 끝내기 안타도 아닌 끝내기 실책, 경기 종료.

"어째 끝내기 홈런을 맞은 것보다 더 허탈한 것 같아."

"그러게."

멍한 표정으로 고개를 끄덕이던 환희가 내 쪽으로 얼굴을 돌리며 말했다.

"저기 있잖아……."

환희가 말끝을 흐리며 왼쪽 눈썹을 긁적였다.

“나, 이제 가 봐야겠다.”

나는 소파에서 벌떡 일어서며 말했다. 환희가 하려는 말이 무엇인지는 알 수 없었지만, 지금은 아무 말도 듣고 싶지가 않았기 때문이다.

“데려다줄까?”

현관 앞에 선 환희가 내 얼굴을 가만히 바라보며 물었다.

“됐어, 엎어지면 코앞인데.”

나는 고개와 손을 동시에 저으며 서둘러 아파트 복도로 나왔다. 눈앞에 멈춰 있는 엘리베이터가 안도의 한숨이 새어 나올 만큼 반갑게 느껴졌다.

“갈게, 들어가.”

“응.”

그러나 환희는 엘리베이터의 문이 닫힐 때까지 그 자리에 서 있었다. 혹시나 문이 다시 열리면 어쩌나 걱정했지만 다행히 문은 열리지 않았고, 엘리베이터는 무사히 1층에 도착했다. 그제야 지금 무슨 생각을 하고 있는 건지, 내 자신이 당황스럽게 느껴지기 시작했다. 혹시나? 다행히? 무사히?

“학생, 다시 올라갈 거야?”

열림 버튼을 누르고 있는 아주머니가 나를 돌아보며 물었다.

"네? 아뇨, 내릴 거예요."

나는 빠른 걸음으로 105동을 빠져나와 108동을 향해 달려갔다. 내가 거친 숨을 몰아쉬며 집 안으로 들어가자 주방에서 커피를 내리고 있던 엄마가 놀란 얼굴로 달려 나오며 물었다.

"왜 그래? 무슨 일 있어?"

"아니, 무슨 일은."

나는 어깨를 으쓱이며 신발을 벗었다.

"그냥 좀 뛰어왔어."

"달밤에 체조라도 했어?"

"달밤이라니, 아직 9시밖에 안 됐는데."

엄마가 나를 슬쩍 흘겨보고는 다시 주방으로 들어가 유리 용기에 담긴 커피를 커다란 머그컵에 따랐다.

"오늘 환희 집에서 야구 같이 보고 온다고 그러지 않았어?"

"보고 오는 길이야."

"벌써?"

엄마가 벽시계를 보며 고개를 갸웃거렸다.

"좀 일찍 끝났어."

"그래? 초콜릿 있는 거 가져가서 환희랑 같이 먹지 그랬어. 환희 초콜릿 좋아하잖아."

"환희, 주민등록증 나왔더라."

나는 엄마가 들고 있는 머그컵을 잡고 커피를 한 모금 빼앗아 마시며 말했다. 방금 막 내린 거라 그런지 혓바닥이 화끈거릴 만큼 뜨거웠다.

"정말? 우리 환희가 벌써 그렇게 컸단 말이야?"

엄마가 새삼 감격스럽다는 듯이 고개를 절레절레 흔들며 중얼거렸다.

"환희랑 나랑 동갑이거든."

"맞다, 그저께 너도 통지서 나왔던데."

엄마가 나를 빤히 쳐다보며 평소보다 조금 동그래진 눈을 깜빡거렸다.

"그걸 왜 이제야 말해!"

"미안, 깜빡했어. 잠깐, 내가 어디다 뒀더라?"

엄마가 머그잔을 내게 넘겨주고는 거실 테이플 옆에 있는 우편물을 모아 두는 상자를 뒤적였다.

"깜빡할 게 따로 있지, 그런 걸 깜빡해?"

"미안하다고 했잖아. 요즘 정신이 없어서 그래, 좀 봐주라. 그리고 그 종이 없어도 주민등록증 만드는데 아무 문제없어."

"진짜 너무한 거 아냐?"

작년 1월, 비의 주민등록증 발급 통지서를 받고 눈물까지 글썽였던 엄마다. 보고 또 보고 하루 종일 들여다보다가 혹시 구겨지기라도 할까 봐, 코팅까지 해 뒀으면서. 나는 그때 처음, 단비의 비가 하늘에서 내리는 비가 아닌 하늘을 날다라고 할 때의 날 비자를 쓴다는 것을 알았다.

"아, 여기 있네."

엄마가 광고 전단지와 신문 사이에서 모서리가 다 구겨진 종이 한 장을 꺼내 들었다.

"이리 줘."

나는 엄마의 손에서 거의 빼앗다시피 종이를 넘겨받은 다음, 하얀 종이에 적힌 글자들을 확인했다. 내 이름과 한자 이름, 뒷자리는 별로 표기된 주민등록번호 그리고 집주소와 세대주 성명란에 적힌 엄마의 이름.

"잠깐, 이거 맺을 결 자가 아니잖아."

층계 단자 옆에 적힌 한자는 내가 아는 한자가 아니었다.

"웬 맺을 결?"

엄마가 흐트러진 우편물들을 정리하며 물었다.

"내 이름말이야, 맺을 결 자 아니었어? 단결할 때의 결이 맺을 결 자잖아. 아니야?"

"그거야 그렇지. 근데 네 이름의 뜻은 그게 아니잖아. 너는 결정할 결 자 왼쪽에 이게 하나 더 붙어 있는 거지."

엄마가 손가락 끝으로 벌레 훼 자를 덧붙이며 말했다.

"그건 무슨 글잔데?"

그러자 엄마가 커피를 한 모금 마시며 말했다.

"쓰르라미 결."

"쓰르라미? 그건 또 뭐야. 설마, 내 이름 가지고 장난친 거야?"

여기저기서 많이 들어 보기는 했는데 쓰르라미가 정확하게 뭐지, 귀뚜라미랑 비슷한 건가.

"너 지금까지 네 이름 뜻이 뭔지도 모르고 있었어?"

"엄마가 제대로 가르쳐 준 적이나 있어?"

"그랬나?"

엄마가 머쓱한 표정으로 손가락을 꾹꾹 주무르며 말했다.

"그러니까 17년 전 네가 이 세상에 태어났던 날, 그날 오후부터 매미가 어찌나 구슬프게 울어 대는지 귀가 너무 따가워서 머리가 멍해질 정도였었지."

생각만으로도 몸서리가 쳐진다는 듯이, 눈썹을 한껏 찌푸린 엄마가 어깨를 부르르 떨었다.

"말도 안 되는 소리 하지 마."

몸서리를 치고 싶은 것은 내 쪽이었다.

"진짜야. 네가 처음 집으로 왔던 날도 매미가 얼마나 우는지, 날씨는 더워 죽겠는데 창문을 열어 놓을 수가 없을 지경이었다니까."

"뭐?"

"근데 너는 신기할 정도로 잠만 쌔근쌔근 잘 자더라고. 내 발소리에도 잠이 깰 정도로 예민한 아기였는데."

꼭대기까지 올라간 바이킹이 반대쪽 꼭대기를 향해 커다란 포물선을 그리는 순간처럼 가슴 밑이 서늘해졌다.

"그래서 그거랑 내 이름이랑 무슨 상관인데."

"너 쓰르라미가 뭔 줄 몰라?"

"뭔데, 귀뚜라미랑 비슷한 거 아냐?"

"어휴."

엄마가 창피하다는 듯이 고개를 절레절레 흔들었다.

"쓰르라미가 뭐냐니까!"

답답해진 나는 엄마를 향해 소리를 빽 질렀다. 그러자 엄마가 손가락으로 한쪽 귀를 틀어막으며 말했다.

"매미, 저녁매미를 보고 쓰르라미라고 하잖아."

그 순간 숨을 쉴수가 없어서 괴로웠다. 내 몸의 모든 것이 움직임을 멈추었다.

뭐지, 뭐가 어떻게 된 거지?

'우리는 지구에서 성장한 9번째 매미인이야.'

진.

나는 아무래도 너를 한 번 더 만나야 할 것 같아.

8월의 네 번째 주

"어디 아파?"

거실로 나온 엄마가 젖은 빨래처럼 소파 위에 늘어져 있는 나를 내려다보며 물었다.

"아니."

나는 무표정한 얼굴로 고개를 저었다.

"근데 왜 이러고 있어, 더우면 네 방에 들어가서 에어컨이라도 켜고 있던지."

엄마가 내 정강이를 가볍게 툭툭 치고는 주방으로 들어가 비가 먹을 스프를 타기 시작했다. 나는 생각하는 법을 잊어버린 사람처럼 벌써 몇 시간째 천장만 멍하니 올려다보고 있었다.

"뭐 마실 거라도 줄까?"

"아니."

나는 다시 한번 고개를 저었다. 밤새 잠을 설친 탓에 머리가 울리고 눈앞이 흐릿했지만 졸리지는 않았다.

"이게 왜 여기 나와 있어."

플라스틱 주사기를 손에 든 엄마가 허리를 굽혀 테이블 밑에 떨어져 있는 통지서를 주웠다. 그 순간, 나는 끊어진 고무줄처럼 반사적으로 몸을 일으킨 다음 엄마의 손에서 통지서를 낚아챘다. 어쩌면 모든 게 다 꿈이었을지도 모른다고 생각했는데, 하얀 종이에 적혀 있는 까만 글자들은 어젯밤과 달라진 것이 아무것도 없었다.

"야, 단결!"

깜짝 놀란 엄마가 나를 빤히 쳐다보며 소리쳤다.

"나 잠깐 나갔다 올게."

"갑자기 어딜 간다는 거야?"

"금방 올게."

나는 더 이상 가만히 앉아 있을 수가 없어서 신발도 제대로 신지 않은 상태로 집에서 뛰쳐나왔다. 지금 당장 진을 만나야겠다는 생각으로 집을 나서긴 했지만 어디로 가야 할지 앞이 막막했다. 그래서 발길이 닿는 데로 무작정 걷기 시작했다. 이럴 줄 알았으면 진의 전화번호 정도는 알아 두는 건데, 뒤늦은 후회가 밀려왔다.

먼저 아파트 단지를 벗어나 큰길로 나갔다. 첫 번째 횡단보도와 두 번째 횡단보도는 그냥 지나쳤고, 세 번째 횡단보도는 파란불로 바뀌길 기다렸다가 맞은편으로 건너갔다. 그리고는 촘촘한 그물 같은 가로수 그늘 아래에 서서 가만히 위를 올려다보았다. 어제까지만 해도 그렇게 시끄럽게 울어 대던 매미들이 오늘은 단 한 마리도 울지 않았다. 마치 더 이상은 울 필요가 없어졌다는 듯이.

진은 내 이름의 뜻을 알고 있었던 걸까. 그래서 내게 그런 황당한 이야기들을 늘어놓은 걸까. 만약에 알고 있었다면, 나도 몰랐던 내 이름의 뜻을 진은 어떻게 알고 있었던 걸까.

이 질문에 대한 답을 듣기 위해서라도 나는 반드시 진을 만나야 했다. 그래서 다시 초록빛 가로수를 따라 걷기 시작했다. 나뭇잎 사이로 쏟아지는 날카로운 빗방울 같은 햇살을 맞으며 무조건 앞을 향해 걸어갔다. 그렇게 900미터쯤 걸었을까. 네 번째, 다섯 번째, 여섯 번째 횡단보도를 지나고 일곱 번째 횡단보도의 앞을 지날 때였다.

맴맴— 맴맴— 매암—.

갑작스런 매미 울음소리와 함께 횡단보도의 불이 파란색으로 바뀌었다. 주위를 둘러보니 진과 세 번째로 만났던 은행 앞의 바로 그 횡단보도였다. 나는 처음부터 그 횡단보도를 건널 생각이었던 것처럼 조금의 망설임도 없이 길을 건넜다. 하얀 선이 그려진 아스팔트 도로를 지나 연두색 보도블록 위에 발을 올려놓은 순간, 내 발걸음이 진과 함께 갔던 공원으로 향하고 있다는 사실을 깨달았다. 그리고 그곳에 가면 진을 만날 수 있으리라는 것도.

은행 건물 뒤편으로 이어지는 한적한 주택가를 몇 걸음 걷지 않아 남색 바탕에 흰 글씨로 쓰인 공원 안내 표지판이 눈에 띄었다. 지난 7년 동안 단 한 번도 와 본 적 없었던 곳이었는데, 이번 달에만 벌써 두 번째다. 나는 숨을 한 번 크게 들이마신 다음 천천히 공원 안으로 들어섰다.

여름 낮의 공원은 새벽별처럼 푸른빛을 띠었고 내 머리카락이 찰랑이는 소리가 들릴 만큼 고요했다. 진은커녕 사람의 그림자조차 보이지 않아서 도심 속의 공원이 아니라 이름도 없는 무인도에 들어선 기분이었다.

나는 진과 함께 앉았던 하얀 벤치에 앉으며 긴 한숨을 내쉬었다. 무작정 길을 걷다 여기까지 온 것도 일곱 번째 횡단보도 앞에서 갑작스런 매미 떼의 울음소리가 터져 나온 것도 모두 우연이 아닐 거라고 생각했는데 진은 이곳에 없었다.

그런 실망감도 잠시, 나도 모르게 피식 웃음이 새어 나왔다. 그저 느낌 하나로 진을 다시 만날 수 있을 거라고 확신한 내 자신이 너무 우스웠다. 아주 잠깐이긴 했지만 진의 이야기가 모두 사실일지도 모른다고 생각했다는 것이 얼굴이 화끈 달아오를 만큼 창피하게 느껴졌다.

진은 나에 대한 거의 모든 것을 알고 있는 아이다. 어쩌면 우연히 알게 된 내 이름에 관심을 갖고 그에 맞춰 모든 이야기를 지어낸 건지도 모른다. 진실 여부야 어쨌든 진은 우리가 8월이 끝나기 전에 매미 행성으로 돌아가야 한다고 했다. 8월이 열흘도 남지 않은 지금 이 시점에서 나보다 더 마음이 급한 사람은 진일 것이다. 그러니까 진은 8월이 가기 전에 반드시 나를 한 번 더 찾아올 것이 분명했다.

나는 바지에 묻은 먼지를 털며 벤치에서 일어섰다. 조만간 진이 다시 내 앞에 나타난다면 이번에는 그냥 웃어넘길 게 아니라 두 번 다시 허튼소리를 하지 못하게 겁이라도 잔뜩 줘야겠다고 생각했다.

휘—.

헐렁해진 신발 끈을 고쳐 묶고 발걸음을 옮기려는 순간, 등 뒤에서 불어온 바람에 목덜미가 베이기라도 한 것처럼 서늘해졌다. 나는 손바닥으로 목을 감싼 채 조심스럽게 뒤를 돌아보았다. 공원에서 뒷산으로 이어지는 완만한 오르막길에 언제부터였는지 산책로가 조성되어 있었다. 방금 전의 그 칼날 같은 바람은 산책로에서부터 불어온 것이 확실했다. 눅눅하면서도 차가운, 녹슨 철의 맛이 나는 바람. 오랫동안 잊고 지냈던 끔찍한 기억의 냄새.

나는 알 수 없는 힘에 이끌리듯 공원의 입구가 아닌 산책로를 향해 걸어갔다. 짙은 황토색 나무 계단은 숲의 외곽을 빙 둘러 산 너머로까지 이어져 있는 것 같았다. 작은 언덕을 하나 오르자 숲 속의 2차선 도로와 합쳐지면서 약간의 굴곡이 있긴 했지만 거의 평지에 가까운 산책로가 펼쳐졌다. 길은 걷는 사람은 나 혼자뿐이었고 도로 역시 텅 비어 있었다. 그렇게 한동안 산책로를 따라 걷다가 이대로 쭉 내려가면 전혀 다른 동네로 이어진다는 생각에 그만 발걸음을 돌리려는데, 그 순간 공포 영화의 전주곡처럼 숲속에서 새 한 마리가 구우, 하는 울음소리와 함께 나무 위로 날아올랐다.

나는 조용히 숨을 죽인 채 산책로 아래의 숲을 살펴보았다. 까만 그림자와 함께 초록색 나뭇잎들이 불규칙적으로 흔들흔들 움직였다. 자세히 보니 20미터쯤 떨어진 수풀 사이로 둥그렇게 모여 있는 아이들의 모습이 보였다. 기껏해야 중학생쯤으로 보이는 남자아이들이었는데, 얼핏 다섯 명 정도 되는 것 같았다. 셋은 나와 등을 지고 서 있었고 나머지 둘은 무겁게 가라앉은 표정으로 입에서 하얀 연기를 내뿜고 있었다. 그러다 둘 중의 한 아이가 운동화를 신은 발로 담배꽁초를 비벼 끄더니 곧장 아이들 틈으로 파고들어가 다짜고짜 발길질을 하기 시작했다. 그러자 둥그렇게 모여 있던 세 명의 아이들이 재빨리 뒤로 물러나면서 적의 공격을 받은 애벌레처럼 몸을 잔뜩 웅크리고 누워 있는 또 한 명의 아이가 보였다.

조그만 머리를 감싸고 있는 검은색 팔, 그 옆으로 보이는 거북이 등껍질처럼 커다란 검은색 가방. 진이었다!

"이 새끼야, 내 말이 우습냐?"

잔뜩 화가 난 듯한 아이가 진의 배를 힘껏 걷어차며 소리쳤다.

"내가 오늘까지 준비하라고 했어, 안 했어!"

비명은커녕, 옅은 신음소리 한번 내지 않고 있는 진의 작은 몸이 더욱 더 작게 움츠러들었다.

"너 같은 건 그냥 죽어 버리는 게 모두를 위한 길이야, 안 그래? 이 병신 같은 새끼야!"

거칠어지는 숨소리만큼이나 아이의 발길질 역시 거칠어지고 있었다. 저러다 진의 온몸이 다 부서지는 게 아닐까 손끝이 덜덜 떨려 오는데, 다른 아이들은 늘 보는 광경이라는 듯 전혀 아무렇지도 않은 얼굴로 두 사람을 지켜보았다. 심지어 지루하다는 듯이 하품을 하며 기지개를 켜는 아이도 있었다. 나는 떨리는 손으로 휴대폰을 꺼내들었다. 경찰에 신고하면 늦어도 10분 안에는 도착할 것이다.

"야, 담배 하나 줘 봐."

잠시 발길질을 멈춘 아이가 친구들을 향해 손짓을 했다.

"뭐야, 그 정도로 끝내려고?"

"끝내긴 뭘 끝내, 이 새끼한테 뜨거운 맛 좀 보여 주려고 그러는 거지."

"그럼 그렇지, 킥킥."

어깨를 들썩이며 웃던 아이가 주머니에서 라이터를 꺼내 들었다. 빨갛게 솟아오른 그 불꽃에 내 가슴이 타는 듯 화끈거렸다. 이제 10분은 너무 늦다. 더 이상 기다리고 있을 시간이 없었다. 나는 휴대폰의 통화버튼을 누르는 대신, 바탕화면에 떠 있는 빨간색 경보기 그림을 꾹 눌렀다. 그와 동시에 귀가 따가울 정도로 요란한 사이렌 소리가 숲 전체에 울려 퍼졌다.

"이거 경찰 사이렌 소리 아냐?"

"설마, 우리 때문에 출동한 건가?"

갑작스런 사이렌 소리에 당황한 아이들이 주위를 두리번거리며 시작했다. 나는 얼른 산책로 한가운데에 서 있는 나무 기둥 뒤로 몸을 숨겼다.

"야, 튀어!"

발길질을 하던 아이의 고함에 우물쭈물하던 아이들이 순식간에 사방으로 흩어졌다. 나는 그런 아이들의 뒷모습을 지켜보며 산책로와 숲의 높이가 가장 낮은 지점을 찾아 평행선 모양의 난간 사이로 뛰어내린 다음, 곧바로 진의 곁으로 달려갔다.

"진!"

갓난아기처럼 몸을 웅크리고 있는 진은 내 목소리에도 아무런 반응이 없었다.

"진, 괜찮아? 나야. 눈 좀 떠 봐."

"……."

"응? 뭐라고?"

희미하게 들려오는 진의 숨소리에, 나는 얼른 진의 입술 앞으로 내 귀를 바짝 댔다. 그러자 진이 손가락으로 내 머리를 툭 밀어내며 한껏 짜증이 난 목소리로 중얼거렸다.

"시끄러우니까, 그것 좀 끄라고."

"아, 맞다."

나는 고개를 끄덕이며 온 숲을 쩌렁쩌렁하게 울리고 있는 휴대폰의 사이렌 소리를 껐다. 혹시 모를 위험에 대비해 환희가 깔아 놓은 어플인데, 이런 식으로 쓰게 될 줄이야.

"괜찮아? 걸을 수 있겠어?"

필사적으로 머리를 감싼 덕분인지 진의 하얀 얼굴은 긁힌 상처 하나 없이 깨끗했다.

"소란 떨지 말고 저리 가."

힘겹게 몸을 일으킨 진이 비틀비틀 거리며 자리에서 일어섰다. 다행히 크게 다친 곳은 없는 모양이었다. 나는 진의 커다란 가방을 어깨에 메며 물었다.

"집이 어디야? 어우, 뭐가 이렇게 무거워."

그 크기만큼이나 무게 역시 만만치 않은 가방이었다.

"내놔."

"됐어, 내가 들어 줄게."

"내놓으라고!"

진이 빨갛게 달아오른 얼굴로 버럭 소리를 질렀다. 내 눈이 아닌 내 발끝을 향해 있는 진의 눈동자. 진은 화가 난 게 아니라 조금 전의 상황을 내게 보인 것에 대해 부끄러움을 느끼고 있었다. 나는 순순히 진에게 가방을 넘겨주며 말했다.

"따라 와."

그리고는 공원 방향으로 진보다 두세 걸음 앞서서 걷기 시작했다. 숲속의 풍경은 7년 전과는 너무나도 많이 달라져 있었다. 그러나 들꽃의 달달한 향기가 희미하게 섞여 김빠진 사이다 같은 맛이 나는 이 숲 특유의 공기에, 이제는 다 지워진 줄 알았던 그날의 기억이 마치 어젯밤 일처럼 생생하게 되살아났다.

"찾았다."

나는 두 개의 나무 기둥이 합쳐져 마치 한 그루처럼 보이는 오래된 느티나무 앞에 멈춰 섰다.

"음, 예전 그대로네."

"언제는 너무 많이 변했다더니."

진이 양손을 모두 바지 주머니에 넣은 채 작은 돌멩이 하나를 툭 걷어차며 중얼거렸다.

"공원이야 많이 변했지. 옛날엔 저 가로등도 없었고 화단도 없었고 보도블록도 없었으니까. 근데 이 나무만큼은 정말 하나도 안 변했어."

어쩌면 느티나무와 내가 정확히 같은 속도로 자랐기 때문에 그 변화를 눈치채지 못하는 건지도 모르겠다.

"내가 전에도 말했었지? 여기 7년 만에 와 보는 거라고."

진이 고개를 들어 나를 바라보았다.

"그러니까 초등학교 4학년 때 가을 소풍으로 왔던 게 마지막이었어."

이 느티나무도 그날의 나를 기억하고 있을까.

"그전까지는 꽤 자주 왔었어. 선선하고 맑은 바람이 부는 저녁이면, 엄마랑 언니랑 같이 와서 한 바퀴씩 돌다 가곤 했거든. 너, 내 언니에 대해서도 알고 있지?"

"그래서 그동안 안 왔던 이유가 뭔데. 여기서 귀신이라도 봤어?"

진이 나무 기둥에 등을 기대며 물었다.

"비슷해. 귀신을 본 건 아니지만, 내가 귀신이 될 뻔했거든."

나는 조심스럽게 느티나무의 이파리를 만지작거리며 말했다.

"쳇, 그건 또 무슨 소리야."

"내가 마지막으로 이곳에 왔던 7년 전 그날, 밤 늦게까지 이 나무에 묶여 있다가 추위와 배고픔과 두려움에 울다 지쳐서 그대로 기절."

"나무에 묶여?"

진이 이해할 수 없다는 얼굴로 한쪽 눈썹을 찌푸렸다.

"왜?"

"말했잖아, 가을 소풍을 왔었다고. 그때는 공원이라기보다 그냥 숲에 가까워서 마땅히 할 만한 일이 없었어. 지금처럼 화단이 있어서 꽃구경을 할 수 있었던 것도 아니고 산책로가 있어서 등산을 할 수 있었던 것도 아니고. 그래서 저기 보이는 잔디밭에서 반 대항 게임을 했어. 그땐 저 분수대도 없었거든. 게임은 간단했어. 두 사람이 발목을 묶고 깃발이 있는 곳까지 가서 풍선을 터트린 다음 다시 돌아오면 되는 거였지. 첫 주자부터 우리 반이 훨씬 앞서 나갔기 때문에 당연히 이길 거라고 생각했어. 마지막에는 거의 반 바퀴가 넘게 차이가 났으니까. 그런데 말이야, 한 가지 큰 문제가 있었어."

나는 어깨를 살짝 으쓱였고 진은 담담한 표정으로 내 이야기를 기다렸다.

"우리 반은 홀수였기 때문에 누구 한 사람은 두 번을 뛰어야 했거든. 나는 마지막 주자로 출발선 앞에 서 있었지만 결국 그 선을 넘지는 못했어. 옆 반 아이들이 우리 반을 추월하고 결승선에 들어올 때까지도, 나와 짝을 하겠다고 나선 아이가 아무도 없었거든."

심판을 보던 체육 선생님의 휘슬소리와 함께 우리 반 아이들이 볼멘소리가 터져 나왔다. 여자아이들은 나를 향해 무섭게 눈을 흘겼고 남자아이들은 내 발을 툭툭 걷어차며 욕을 해댔다. 그 정도는 아무것도 아니었다. 학교에서도 늘 겪는 일이었으니까.

"결국 나 때문에 진 거나 마찬가지였어. 몇몇 남자아이들은 그 사실을 도저히 참을 수가 없었던 모양이야. 소풍이 끝나자마자 나를 숲속으로 끌고 가더니 이 느티나무에 대고 꽁꽁 묶어 버렸거든. 발목을 묶는데 썼던 끈들을 하나로 길게 엮어서. 그리고는 나만 혼자 여기 버려두고 가 버렸어. 인적이 드문 곳이 아니었으니까, 별 문제없을 거라고 생각했겠지. 그날 저녁에 일기예보에도 없던 비가 쏟아질 거라고는 생각하지 못 했을 테니까."

밤의 숲은 손끝의 감각이 사라질 정도로 차가웠고, 한 치 앞도 보이지 않을 만큼 깜깜했다.

"그래서?"

"10시쯤이었나, 실종 신고를 받고 출동한 경찰아저씨가 이 나무에 묶인 채 기절해 있는 나를 발견했어. 곧바로 병원으로 옮겨졌지. 다친 곳은 없었지만, 약간의 저체온증이 나타나서 이틀 정도 입원해 있었어."

불안정한 호흡과 느려졌던 맥박은 이틀 만에 정상으로 돌아왔지만, 마음에 새겨진 상처는 7년이라는 세월이 흐른 지금까지도 그날의 통증이 고스란히 남아 있다. 할 수만 있다면 깨끗이 지워 버리고 싶은 그날의 기억을 이렇게까지 아무렇지 않게 털어놓을 수 있는 날이 올 거라고는 정말 생각조차 하지 못했었는데. 그것도 어느 날 갑자기 내 앞에 나타난 이 정체불명의 꼬맹이에게.

"그 정도로 뭘 기절까지 하고 그러냐? 나는 학교 체육창고에 갇혀서 그 다음 날 아침에 발견된 적도 있는데."

진이 나무에 기대고 있던 등을 일으키며 말했다. 그러다 어디가 불편했는지 순식간에 하얗게 질린 얼굴로 아랫입술을 꽉 깨물었다. 나는 얼른 진의 오른팔을 부축하며 물었다.

"괜찮아?"

진이 대답 대신 내 손을 거칠게 뿌리쳤다.

"잠깐, 너 그게 뭐야?"

나는 진의 오른 손목을 붙잡아 내 앞으로 끌어당겼다. 주먹을 꽉 쥐고 있는 진의 손가락 사이사이로 검붉은 핏줄기가 흘러내렸다.

"어쩌다 이런 거야!"

나는 갖고 있던 손수건으로 진의 손바닥을 꽉 묶어 주었다.

"쓸데없는 상상하지 마. 아까 넘어지면서 돌에 찍힌 것뿐이니까."

"그 녀석들, 오늘 처음 만난 녀석들이 아니지?"

"왜, 나랑 친해 보였어?"

진이 장난스럽게 눈썹을 으쓱이며 되물었다. 나는 흙발자국으로 엉망이 된 진의 교복 셔츠를 바라보며 말했다.

"신고해. 네가 못 하겠으면 내가 할게."

"그래 봤자 아무것도 달라지지 않는다는 거, 너도 잘 알잖아."

진이 피식 코웃음을 치며 고개를 저었다. 나는 차마 아니라고 말할 수가 없었다. 그래서 더 슬펐다. 나는 진이 하는 이야기들을 믿을 수는 없었지만, 지구든 매미 행성이든 우리가 같은 세상을 살아온 사람들이라는 건 분명하게 알 수 있었다.

"일주일이야. 앞으로 일주일 후면 모든 게 끝나."

진이 내 눈을 똑바로 바라보며 물었다.

"너도 같이 갈 거지?"

"솔직히 말하면 네 얘기가 전부 다 거짓말이라고 생각하진 않

아. 그렇지만 너무 혼란스러워. 지금 이 순간에도 수십 번씩 마음이 바뀌고 있어. 내가 정말 지구인이 아닐지도 모른다는 생각을 하다가도, 그런 생각을 하는 내 자신이 너무 바보 같고 얼굴이 화끈거릴 정도로 부끄러워."

나는 진에게 솔직한 내 마음을 털어놓았다.

"이해해, 많이 당황스럽겠지."

진이 천천히 고개를 끄덕이며 중얼거렸다.

"그런데 왜 하필이면 8월 31일이야? 그날은……."

"네 생일이지?"

진이 내 말을 자르며 대답했다.

"어떻게 알았어?"

"그날은 내 생일이기도 하니까. 내가 정확히 13살이 되고 네가 17살이 되는 날, 이 뜨거운 여름의 마지막 날."

자신과 생일이 같다는 것, 그것이 진이 나를 선택한 이유였을까.

"혹시 내 이름의 뜻도 알고 있어?"

"네 이름이라면 단결? solidarity?"

진이 고개를 갸웃거리며 되물었다. 명문 중학교에 다니는 아이다운 대답이었다.

"쓰르라미, 쓰르라미 결."

"아아."

진이 그럴 줄 알았다는 듯이 고개를 위아래로 끄덕였다.

"내 이름도 그래. 나는 털매미야, 털매미 진."

여름의 마지막 날에 태어나 매미라는 뜻의 이름을 가진 사람이 과연 몇이나 될까. 나는 빠져나올 수 없는 덫에 걸린 것 같은 기분이었다.

"그런 표정 지을 거 없어. 매미인이라고 해서 반드시 매미 행성으로 돌아가야 하는 건 아니니까. 네가 지구인으로 살아가길 원한다면 그렇게 해도 돼. 전에도 말했듯이 결합은 전적으로 선택의 문제니까."

"멸망할지도 모른다며!"

나도 모르게 목소리가 높아졌다.

"10번째 매미인까지는 어떻게 버틸 수 있을 거야. 11번째 매미인은 장담할 수 없지만."

진의 이야기가 모두 사실이라면, 매미인들의 미래가 진과 내 손에 달려 있는 거라면. 나는 정말 어떻게 해야 하는 걸까.

"그럼 일주일 동안 잘 생각해 봐."

진이 손수건을 감은 오른손을 짧게 흔들고는 공원으로 내려갔다.

"잠깐만!"

나는 얼른 정신을 차리고 진의 뒤를 따라 공원의 보도블록 위로 올라갔다.

"집까지 데려다줄게."

"뭐?"

진이 황당하다는 듯이 눈썹을 찌푸렸다.

"나도 너 스토킹 좀 하려고. 넌 나에 대해서 모르는 게 없는데, 나는 너에 대해서 아는 게 없잖아."

"쳇, 맘대로 해."

진이 윗입술을 살짝 씰룩이고는 공원 밖으로 나가 택시를 잡았다.

"여기서 멀어?"

"공원 반대쪽. 탈 거야, 말 거야?"

나는 아무 말 없이 진의 옆자리에 올랐다. 10분 정도 달려 택시가 도착한 곳은 으리으리한 집들이 늘어선 고급 주택가였다. 더 놀랍게도 그 중에서도 가장 화려하고 멋지다고 생각했던 이층집이 바로 진의 집이었다.

"우아, 도련님이었네."

"손수건은 세탁해서 돌려줄게."

"엄마가 걱정하실까 봐, 얼굴만은 그렇게 필사적으로 막은 거야?"

진의 작은 몸을 무참히 짓밟던 아이들, 진이 이 무더운 날씨에도 긴팔 카디건을 입고 다녀야만 하는 이유.

"내 엄마라는 사람은 아마 내 얼굴도 모를걸?"

"그건 또 무슨 소리야?"

"내가 두 살 때 독일로 떠났다는데, 지금껏 전화 한 통 한 적 없거든."

"아, 미안."

"우리 엄마가 너 때문에 떠났어? 네가 뭐가 미안해."

진이 아무렇지 않은 얼굴로 검은색 대문에 열쇠를 꽂아 넣었다.

"저기, 전화번호라도 좀 가르쳐 줘. 궁금한 게 생기면……."

"아직도 모르겠어?"

철컥, 하는 소리와 함께 대문이 열렸다.

"전화 같은 건 필요 없어. 나를 만나고 싶으면 오늘처럼 그냥 생각만 하면 돼."

진이 대문 안으로 한 걸음 들어서며 빙그레 미소를 지었다.

"그럼 조만간 또 보자."

검은색 대문이 쿵, 하고 닫히면서 진의 모습이 사라졌다. 나는 한동안 그 자리에 멍하니 서 있다가 지나가던 자동차의 경적소리에 정신을 차리고 집을 향해 걷기 시작했다. 걸어가기엔 꽤 먼 거리였지만, 그냥 그러고 싶었다. 오늘은 더 이상 아무 생각도 하고 싶지 않았기 때문에 거리의 풍경을 바라보며 그저 묵묵히 걷기만 했다. 해질 무렵이 다 되어서야 집에 도착한 나는 쓰러지듯 침대 위로 몸을 던졌고 순식간에 깊은 잠 속으로 빠져들었다.

나는 이틀 동안 거의 아무것도 하지 않고 잠만 잤다. 당분간은 진에 대해서도, 진의 이야기에 대해서도 생각하고 싶지 않았기 때문이다. 어디론가 떠나고 싶다는 생각을 자주하긴 했어도 그게 이 집이 아닌 지구를 떠나는 일이 될 거라고는 상상조차 하지 못했으니까.

"어디 나가?"

소파에 누워 TV를 보고 있는데, 옅은 화장을 한 엄마가 숄더백을 손에 들고 거실로 나왔다. 화장이라고 해 봤자 분홍색 립스틱 하나가 전부였지만.

"백우현이랑 급하게 미팅이 잡혔거든. 잘하면 이번 드라마에 출연할지도 몰라."

백우현이라면 엄마가 요즘 제일 좋아하는 눈빛이 멋진 남자 배우다. 지난봄에 개봉했던 영화가 천만 관객을 돌파하면서 최근엔 정말 잠 잘 시간도 없이 바쁘다고 하던데, 꼭 한번 같이 일해 보고 싶다고 그렇게 노래를 부르더니 기어이 자리를 마련해 낸 모양이다. 한번 한다고 마음먹은 일은 무슨 일이 있어도 끝까지 해내고 마는 집념의 단세영 작가님답다.

"지금 당장 나간다고?"

"걱정 마, 도우미 아주머니한테 연락해 뒀으니까. 너 3시에 나갈 거라고 했지? 아주머니가 늦어도 2시 반 안에는 온다고 했으니까, 그때까지만 언니 좀 봐 줘."

오후 4시부터 6시까지 환희와 함께 도서관 봉사활동 예약을 해 둔 상태였다. 환희가 오전에 가자는 걸 내가 별다른 이유도 없이 오후로 미룬 거였는데, 요즘 들어 정말 되는 일이 하나도 없다.

"좀 미리미리 전화해 놓으면 안 돼?"

"미팅이 갑자기 잡혔다니까. 기껏해야 1시간일 텐데, 그렇게 꼭 싫은 소리를 해야겠어?"

엄마가 가느다랗게 뜬 실눈으로 나를 흘겨보며 검은색 구두에 발을 넣었다.

"오늘 날씨를 봐! 아줌마 오시기 전에 비가 오줌이라도 싸면 어떡해?"

오늘처럼 습도가 높은 날이면 비의 기분이 굉장히 예민해져서 기저귀가 살짝 축축해지기라도 하면 갈아 줄 때까지 악을 쓰며 울어 댄다.

"안 그래도 지금 막 갈아 주고 나온 참이야."

엄마가 신발장의 거울을 보며 립스틱을 한 번 더 덧발랐다.

"일부러 주스도 안 먹였으니까, 적어도 두 시간 동안은 소변보는 일 없을 거야. 아, 그리고 세탁기 안에 빨래 불리고 있으니까 나가기 전에 돌려 놓고 나가고. 시작 버튼만 누르면 되는 거 알지? 그럼 부탁 좀 할게."

"다른 건 몰라도, 기저귀는 절대 안 돼."

나는 내 어깨를 두드리는 엄마의 손을 뿌리치듯 밀어내며 현관문을 닫았다. 그리고는 곧바로 환희에게 전화를 걸어 우리 집으로 와 달라고 부탁했다. 비와 단 둘이 있다는 생각만으로도 숨이 턱 막혀 오는 것 같았기 때문이다.

전화를 끊은 지 10분도 채 지나지 않아, 환희가 현관 안으로 들어서며 물었다.

"점심은 먹었어?"

"난 좀 전에 엄마랑 먹었는데, 넌?"

"나도 먹고 왔어. 아줌마는 오늘 많이 늦으실 거래?"

"아무래도 그럴 것 같아."

"그럼 누나는? 도서관 가는 거, 다음으로 미룰까?"

"아냐, 그럴 필요 없어. 엄마가 도우미 아주머니 불렀거든. 곧 도착하실 거야."

나는 고개까지 옆으로 저으며 대답했다.

"그래?"

환희가 눈썹을 한번 으쓱이고는 조심스런 발걸음으로 비가 있는 안방으로 들어갔다.

"누나, 나 왔어. 그동안 잘 지냈어?"

환희가 손등이 90도로 꺾여있는 비의 오른손을 꼭 잡으며 살가운 인사를 건넸다.

"다음 주 금요일 날, B대교에서 불꽃놀이를 한대. 누나도 보고 싶지? 우리 꼭 같이 보러 가자."

어렸을 때부터 친동생인 나보다도 더 비를 챙기고 잘 보살폈던 환희다. 날씨가 좋은 날에는 비를 휠체어에 태워 가까운 곳으로 산책을 나가기도 하고 비가 갑자기 음식물을 토해 냈을 때는 비의 옷이 젖을까 봐 맨손으로 받아 내기도 했다. 따스한 봄날의 나무 그늘처럼 천성이 착하고 다정한 아이다. 이런 아이가 어쩌다 나 같은 애를 좋아하게 됐을까, 하는 의문이 들 정도로.

"잠깐, 다음 주 금요일이라고 했어?"

"응, 네 생일 축하해 주려고 내가 힘 좀 썼어."

"농담하지 말고, 진짜 하는 거야?"

"관리실 앞에 현수막 걸려 있던데 아직 못 봤어? 9시부터 한다니까, 우리가 낮에 먼저 자리 잡아 놓고 저녁에 누나 데려가면 될 것 같아."

"B대교에서 하는 거면 사람들 엄청 많이 올 텐데."

"걱정 마, 내가 무슨 수를 써서라도 우리 자리는 마련해 놓을 테니까. 근데, 누나 많이 더운 것 같은데?"

환희가 땀에 젖은 비의 앞머리를 옆으로 쓸어 넘기며 중얼거렸다. 활짝 열린 창문으로 무거운 여름 바람이 쉴 새 없이 불어 왔지만, 높은 습도 때문인지 두 볼이 빨갛게 물든 비가 잔뜩 찡그린 얼굴로 이리저리 몸을 뒤척였다.

"누나 물 좀 줘도 되지?"

환희가 질문과 동시에 침대 옆에 놓인 물병의 뚜껑을 열었다.

"안 돼."

나는 환희의 손에서 물병을 빼앗으며 소리쳤다.

"왜 그래, 누나 입술 좀 봐봐. 바짝 말랐잖아."

"언니 점심 먹은 지 얼마 안 됐단 말이야. 지금 물 먹였다가 토하기라도 하면 어떡해. 조금 있다가 아줌마 오시면, 그때 부탁하면 돼."

나는 들고 있던 물병을 제자리에 내려놓으며 말했다. 그게 진짜 이유는 아니었지만, 그렇다고 거짓말을 한 것도 아니었다.

"계속 여기 있을 거야?"

침대 끝에 걸터앉은 환희가 아무 말 없이 나를 가만히 올려다보았다.

"왜? 내 얼굴에 뭐 묻었어?"

"아냐, 나가자."

환희가 고개를 저으며 침대에서 일어섰다. 그리고는 손을 쭉 뻗어 벽에 달린 선풍기의 타이머를 돌렸다. 엄마가 나갈 때까지만 해도 분명히 켜져 있었는데, 그새 타이머가 끝난 모양이다. 선풍기의 핑크색 플라스틱 날개가 만들어 내는 연약한 바람에 비의 가느다란 머리칼이 하늘하늘 흔들렸다. 환희가 비의 이불을 반으로 접어 배 근처만 살짝 덮어 주자 비가 한결 편안해진 표정으로 스르르 눈을 감았다.

"어? 나 저거 보고 싶었는데."

희미하게 들려오는 TV소리에, 나는 거실로 나가 소파 한가운데에 자리를 잡고 앉았다.

"뭔데 그래?"

뒤따라 거실로 나온 환희가 방문을 반쯤 닫으며 물었다.

"월요일 밤에 새로 시작한 토크쇼 있잖아."

"아, 그거."

"봤어?"

"아니, 나도 얘기만 들었어. 엄청 재미있었다던데."

환희가 고개를 끄덕이며 내 옆에 앉았다. 차가운 에어컨 바람이 환희의 어깨에 가로막히면서 내 왼쪽 팔과 환희의 오른팔이 스치듯 맞닿았다.

"아, 깜빡할 뻔했다."

나는 두 손을 짝 마주치며 소파에서 일어섰다. 환희의 팔이 닿았던 자리가 불에 데기라도 한 것처럼 화끈거렸다.

"엄마가 세탁기 좀 돌리라고 했거든."

지금 당장 해야 되는 일은 아니었지만, 나는 서둘러 세탁기가 있는 다용도실로 들어갔다. 꺼져 있는 멀티탭의 스위치부터 켜고 세탁기의 시작 버튼을 눌렀다. 그러자 조금씩 물회오리가 만들어지기 시작하더니 금세 윙윙거리는 소리에 맞춰 내 티셔츠와 엄마의 앞치마 그리고 비의 반바지 등이 시계방향으로 엉켰다, 반시계방향으로 풀렸다를 반복했다.

그 모습이 마치 요즘의 나와 환희를 보는 것 같았다. 환희를 향한 내 감정이 변한 것은 아니다. 환희는 벼랑 끝까지 내몰렸던 내 영혼을 구원해 준 사람이고 나 역시 그런 환희를 위해서라면 내 목숨이라도 기꺼이 내어 줄 준비가 되어 있다. 단지 나를 향한 환희의 감정이 조금 변했을 뿐이다.

환희는 지난 5월에 열일곱 살이 되었다. 보통의 열일곱 살 남자아이들처럼 환희의 머릿속과 가슴속에서도 무성하게 자라난 호기심과 타는 듯한 열정이 붉은 전쟁을 일으킨 것이다.

"결, 아주머니 오셨다니까."

내가 몇 번이나 대답이 없었는지, 환희가 큰 소리로 외쳤다.

"어, 지금 나가."

나는 다용도실의 문을 꼭 닫고 현관으로 뛰어갔다.

"안녕하셨어요?"

"그래, 오랜만이지?"

벌써 3년째 비를 봐 주시는 도우미 아주머니가 내 옆에 서 있는 환희에게도 인사를 건넸다.

"이야, 환희는 이제 장가가도 되겠다."

"들었지?"

환희가 장난스럽게 내 머리를 쓰다듬으며 말했다.

"언니 1시쯤에 점심 먹고 간식은 아직 안 먹었거든요. 조금 전에 잠들었으니까, 아마 4시나 5시쯤에 일어날 거예요. 그때 두유나 우유 같은 거 하나 챙겨 주시면 돼요."

"그래, 엄마한테 들었어. 비는 이제 아줌마가 볼 테니까, 걱정하지 말고 하던 일들 해."

아주머니가 고개를 끄덕이며 비가 있는 안방으로 들어갔다.

"환희야, 거기 쿠션 하나만."

나는 조금 전까지 앉아 있던 3인용 소파가 아닌 팔걸이가 있는 1인용 소파에 비스듬히 앉으며 말했다. 환희가 빨간색 쿠션을 내게 건네주고는 리모컨으로 볼륨을 한 칸 높였다. 토크쇼는 그럭저럭 볼 만했지만 기대했던 것만큼 재미있지는 않았다. 그래서 3시가 되자마자 조금의 망설임도 없이 TV를 끄고 도서관으로 향했다.

구름이 많고 습도가 높아서 맑은 날씨라고 할 수는 없었지만 그렇다고 흐린 날씨도 아니었다. 버스를 타고 갈 때까지만 해도 그랬는데, 버스에서 내리자마자 하얀색에 가까웠던 하늘이 조금씩 옅은 회색으로 물들더니 도서관 입구에 도착했을 땐 하늘 전체가 까만색으로 변해 있었다.

"오늘 아침에 일기예보 봤는데, 흐리기만 하고 비는 안 올 거래."

내 말이 끝나기가 무섭게 쏴, 하는 소리와 함께 굵은 빗방울들이 후드득 쏟아졌다.

"소나기인가 봐. 금방 그치겠지."

환희가 피식 웃음을 터트리며 도서관 안으로 들어갔다. 언제나처럼 환희는 1층의 종합자료실로 나는 2층에 있는 문학실로 올라갔다. 하는 일은 간단하다. 반납된 책을 다시 제자리에 꽂기만 하면 된다. 평소에는 반납된 책이 무너지지 않는 탑처럼 쌓이고 또 쌓이는데 오늘은 갑작스럽게 흐려진 날씨 때문인지 좀처럼 유리문을 밀고 들어오는 사람이 없었다. 그렇다고 가만히 앉아 있을 수는 없어서 나는 책장 사이사이를 돌며 엉뚱한 곳에 꽂혀 있는 책들을 찾아 제자리에 꽂아 넣었다. 누군가 책꽂이 위에 아무렇게나 던져두고 간 수필집의 제자리에 꽂기 위해 손을 쭉 뻗었는데 책장의 제일 높은 칸까지 닿을 듯 닿을 듯 닿질 않았다. 조그만 더 뻗으면 닿을 것 같아서 나는 다시 한번 손을 위로 힘껏 쭉 뻗었다.

바로 그 순간, 누군가의 뜨거운 숨결이 내 목덜미에 닿았다.

"이리 줘, 내가 할게."

깜짝 놀란 나는 어깨를 잔뜩 움츠리며 옆으로 비켜섰다.

"미안, 많이 놀랐어?"

환희가 수필집을 제자리에 꽂으며 물었다.

"어, 조금. 근데 여긴 어떻게 왔어?"

"사서 선생님이 오늘은 사람도 없고 비도 많이 오니까, 일찍 가 보라고 하셔서. 여기, 우산도 빌려주셨어."

환희가 유실물 스티커가 붙은 줄무늬 우산을 흔들어 보였다. 나는 문학실 사서 선생님께 인사를 하고 환희와 함께 1층으로 내려갔다. 비가 내리기 시작한 지 한 시간이 훌쩍 지났는데도 빗방울은 오히려 처음보다 더 굵어져 있었다.

"너무 많이 오는 것 같은데, 잠깐 기다려 볼까?"

환희가 빗속으로 손바닥을 내밀며 물었다. 나는 고개를 끄덕이며 환희를 따라 손바닥을 밖으로 내밀었다. 기분이 좋아질 만큼 맑은 빗방울이었다.

"결아."

환희가 나지막한 목소리로 내 이름을 불렀다.

"응?"

"좋아해."

나는 고개를 들어 환희의 옆얼굴을 바라보았다.

"말로는 표현할 수 없을 만큼."

"나도 그래."

"조금 더 너랑 같이 있고 싶고, 조금 더 너랑 닿고 싶어."

"이렇게?"

나는 장난스럽게 환희의 손등을 툭툭 두드렸다. 그런 나를 가만히 바라보던 환희가 내 손을 꼭 잡으며 말했다.

"내 마음이 열두 살에서 멈췄으면 좋았을 텐데."

"……."

"미안해, 자꾸만 마음이 자라서."

환희가 내 손을 살며시 놓으며 말했다.

나는 잿빛 하늘을 올려다보며 기도했다. 지금 이 빗방울들이 까맣게 타 버린 환희의 마음을 적셔 주기를, 딱딱하게 굳어 버린 내 마음을 녹여 주기를, 그래서 더 이상 서로의 마음을 아프게 하지 않기를. 나는 기도하고 또 기도했다.

"단결, 너 엄마가 토스트기 쓰고 난 다음에 플러그 뽑아 놓으라고 했어, 안 했어?"

뜨거운 원두커피가 찰랑이는 머그잔을 손에 든 엄마가 시퍼렇게 날이 선 눈빛으로 나를 노려보았다.

"미안, 깜빡했다."

평소 같았으면 딸자식 밥도 안 차려 주는 엄마가 토스트기의 전원을 안 끈 것도 아니고 고작 플러그를 안 뽑아 놓은 것으로 잔소리를 하냐며 삐죽삐죽 토를 달았겠지만, 오늘은 아니다. 지금 내 눈앞에 보이는 사람은 엄마가 아니라 발밑의 지뢰요, 안전핀이 뽑힌 수류탄이다. 한마디로 건들면 터진다는 소리다.

"너 자꾸 이 따위로 하면 앞으로 우리 집 전기세는 네 용돈으로 내야 될 거야."

백우현이 출연 계약서에 도장을 찍은 기쁨도 잠시, 엄마는 계약서의 붉은 인주가 채 마르기도 전에 대본 작업에 돌입했다.

드라마 작가라는 직업은 자신이 쓴 대본이 드라마로 제작되고 최고 인기 배우들이 출연해 대사를 읊는 더할 나위 없이 화려한 직업처럼 보일 수도 있겠지만, 적어도 내가 보기에는 우아한 백조들의 수면 아래 발버둥처럼 참담하기 짝이 없는 직업이다. 일단 일을 시작하면 엄마에게는 낮과 밤의 경계가 사라진다. 24시간 동안 컴퓨터 앞에 앉아 있는 건 기본이고 24시간 동안 화장실 한 번 가지 않고 잠을 자기도 한다. 그리고는 24분도 채 자지 못한 사람처럼 초췌하고 피곤한 얼굴로 다시 컴퓨터 앞에 앉는다. 거기다 방송이 시작되면 그날의 시청률이 나올 때까지 인터넷 기사의 댓글들을 하나하나 읽고 있을 뿐만 아니라 기대에 미치지 못하는 결과가 나오면 며칠 밤을 새워 쓴 몇 회분의 대본을 깡그리 다 지워 버리기도 한다.

엄마에게는 세 편의 히트작이 있지만 성공하지도 망하지도 않은 네 편의 범작과 예정된 분량의 3분의 2도 채우지 못하고 조기 조영 된 한 편의 쓰라린 실패작도 있다. 그 실패작이 끝나고 석 달 동안의 시간에 대해서는 생각조차 하고 싶지 않다. 드라마 작가라면 누구나 시청률에 신경을 쓸 수밖에 없겠지만 엄마가 유난히 더 시청률에 목숨을 거는 이유는 드라마 시청률이 곧 우리 가족의 안전보장지수와도 같기 때문이다. 엄마가 아무리 세 편의 히트작을 낸 인기 작가라고 해도 만약 한두 편의 실패작을 더 갖게 된다면 엄마의 대본이 드라마로 제작되는 일은 두 번 다시 없을지도 모른다. 그래서인지 엄마는 일을 쉬고 있을 때보다 지금처럼 일을 하고 있을 때 훨씬 더 큰 불안감을 느끼는 것 같았다.

엄마의 최대 목표는 내가 대학을 졸업할 때까지 딱 두 개의 히트작만 더 내는 것이다. 그 목표를 위해 엄마는 오늘도 쓰디쓴 커피를 2리터씩 들이켜며 컴퓨터 앞에 앉아 있지만, 나는 이미 알고 있다. 모든 노력이 반드시 그만큼의 보답을 받지는 않는다는 사실을.

엄마는 세 편의 히트작과 네 편의 범작 그리고 한 편의 실패작까지, 여덟 편의 드라마 모두 똑같이 최선을 다해 열심히 썼다. 어쩌면 네 편의 범작과 한 편의 실패작에 더 많은 노력과 정성을 기울였을 수도 있다. 하지만 결과는 그 모든 노력과 정성의 절반에도 미치지 못했다.

핑계를 대고 싶지는 않지만, 내가 엄마의 말대로 이렇게 '싸가지'가 없게 된 이유의 삼할 쯤은 모든 노력이 반드시 그만큼의 보답을 받지 않는다는 그 쓰디쓴 현실을 너무나도 일찍 깨달았기 때문인지도 모른다.

"나 잠깐 나갔다 올게."

가방 끈을 어깨에 걸치며 안방을 향해 빽 소리를 질렀다. 그러나 양쪽 샌들의 끈을 채우고 현관 밖으로 나올 때까지 아무런 대답도 들려오지 않았다. 컴퓨터 앞에 앉은 엄마는 거의 모든 소리를 듣지 못하고 거의 모든 것을 보지 못한다. 아마도 내가 다시 돌아올 때까지 내가 외출했다는 사실조차 알지 못할 것이다.

언제 어디서 터질지 모르는 시한폭탄을 피해 도망치듯 나온 거라 어디로 가야 할지, 무엇을 해야 할지 마땅히 떠오르는 게 없었다. 그래서 일단 발길이 향하는 곳으로 무작정 걷기 시작했다. 수아는 오늘 학원 수업이 있는 날이고 환희는 도서관에 다녀온 이후로 벌써 사흘째 아무런 연락도 없다. 정확한 이유는 잘 모르겠지만 지금 이 순간에도 내 머릿속에 떠오르는 환희의 얼굴은 내 옆자리에 앉았던 열두 살 환희의 얼굴이다. 내가 아는 것은 그 사실이 환희의 자존심을 다치게 한다는 것뿐이다.

제멋대로 움직이던 발걸음이 멈춰선 곳은 학원가 근처에 있는 대형서점 앞이었다. 혼자서 시간을 보내기에 서점만큼 좋은 곳도 없는 것 같아서 나는 조금의 망설임도 없이 이중으로 된 자동문 안으로 들어갔다. 제일 먼저 카운터 바로 옆에 있는 베스트셀러 코너를 천천히 둘러보다가 맞은편에 보이는 신간 코너로 가서 새로 나온 책들을 대충 한번 살펴보았다. 그러고는 대각선 끝에 있는 문제집 코너로 가서 수능적중률 1위라는 새 문제집을 과목별로 조금씩 훑어본 다음, 마지막으로 서적 코너보다 조명이 세 배쯤은 더 밝은 음반 매장으로 들어갔다.

나는 익숙한 발걸음으로 매장의 가장 안쪽에 있는 클래식 음반 코너로 향했다. 네모반듯한 플라스틱 상자 속에 담긴 오팔색 CD를 보니 문득 옛 생각이 떠올랐다. 나는 중학교 2학년 때까지 CD 플레이어를 가지고 다니면서 음악을 들었다. 우리 반에서 CD로 음악을 듣는 사람은 나 하나뿐이었고 CD플레이어를 갖고 다니는 사람 역시 나 하나뿐이었다. 휴대성으로 보면 작고 가벼운 MP3 플레이어나 휴대폰과는 비교조차 할 수 없었지만 음질만큼은 CD가 한 수 위였다. 대부분의 사람들은 그 차이를 구분하지 못한다고 하지만 천만 원이 넘는 스피커가 만들어지는 이유는 그만큼 음질에 예민하고 까다로운 사람들이 있기 때문이다. 나 또한 그러한 경지까지는 아니더라도 CD와 MP3의 음질 차이를 그냥 넘어갈 수 없는 사람 중의 한 명이었다.

휴대폰으로도 들을 수 있는 음악을 굳이 CD플레이어를 가지고 다니면서 듣는 내가 아이들은 신기했던 것 같다. 그리고 그 또래의 아이들은 호기심을 참지 못하는 법이다. 내 뒷자리에 앉았던 여자아이가 갑작스레 친한 척을 하며 내 CD플레이어를 이리저리 살펴보더니 자연스럽게 플레이어의 뚜껑을 열어 안에 든 CD를 꺼냈다. CD윗면에 인쇄된 바흐의 이름을 확인한 여자아이의 얼굴이 구겨진 종이뭉치처럼 일그러졌다. 여자아이가 코웃음을 치더니 CD의 가운데 구멍에 검지를 끼운 채 접시처럼 빙글빙글 돌리며 반 아이들을 향해 소리쳤다.

애들아, 이게 누구 CD인 줄 아니?

힐끔힐끔 여자아이의 행동을 지켜보고 있던 아이들이 기다렸다는 듯이 몰려와 너도나도 CD를 손에 쥐었다. 그 과정에서 셀 수도 없을 만큼 많은 흠집이 CD에 남았고 나는 두 번 다시 그 CD를 들을 수 없었다.

그날 이후로는 나도 다른 아이들처럼 휴대폰으로 음악을 들었다. 덜 깎인 연필심 같은 음질이 매번 귀에 거슬렸지만, 아이들이 실수인 척 플레이리스트에 있는 모차르트와 차이코프스키의 음악을 몽땅 지워 버려도 수십 번이든 수백 번이든 컴퓨터에 있는 파일을 다시 옮겨 담을 수 있다는 사실 하나만큼은 마음에 쏙 들었다.

한번 떠오르기 시작한 옛 기억들이 꼬리에 꼬리를 물고 떠오르는 바람에 나는 서둘러 음반 매장을 나왔다. 그 사이 소나기라도 쏟아졌는지 서점 안의 대부분의 사람들이 비닐봉투 속에 넣은 젖은 우산을 손목에 걸고 있었다.

나는 얼른 서점 입구로 가서 밖의 날씨를 확인했다. 유리구슬만한 빗방울의 크기를 보니 쉽게 그칠 비는 아닌 것 같아서 비닐우산이라도 살 생각에 가방을 열었는데 이런, 지갑이 보이지 않는다. 급한 마음에 바지주머니부터 탈탈 털어보았더니 나온 거라고는 오백 원짜리 동전 하나와 백 원짜리 동전 세 개가 전부였다. 그냥 내 방에 처박혀 있을 걸, 꼼짝없이 이 빗속을 뚫고 집까지 걸어가게 생겼다.

그 순간 왜 갑자기 진의 얼굴이 떠올랐는지 모르겠다. 요 며칠 아예 모르는 사람처럼 까맣게 잊고 있었는데. 아마도 바로 이곳에서, 진이 내 우산 속에서 불쑥 들어섰던 적이 있었기 때문일 거다.

"여기서 뭐 하냐?"

"꺄아!"

갑작스런 목소리에 놀란 나는 휘청거리는 다리로 이리저리 비틀대다가 하마터면 엉덩방아를 찧을 뻔했다. 다행히 넘어지지는 않았지만 주위 사람들의 시선에 엉덩방아를 찧은 것 이상으로 얼굴이 화끈 달아올랐다.

"귀청 떨어지겠네."

언제나처럼 하얀 교복 셔츠에 검은색 카디건을 입은 진이 잔뜩 찡그린 얼굴로 오른쪽 귀를 후비적거렸다.

"네가 여기 왜 있는 거야?"

그게 무슨 얼토당토않은 질문이냐는 듯 진이 눈도 한 번 깜빡이지 않고 나를 빤히 노려보았다.

"아니, 그러니까 내 말은 서점에는 무슨 일로 왔냐고."

"그냥 왔어."

"그냥이라니?"

"그냥 발길 닿는 데로 왔다고."

도대체 이 콩알만 한 녀석의 정체는 뭘까. 어쩌면 사거리를 지나는 나를 우연히 발견하고는 여기까지 몰래 뒤쫓아 온 건지도 모른다. 느릿느릿 서점 안을 어슬렁거리는 나를 보고 별다른 목적 없이 왔다는 것을 눈치챘을 것이고 내가 나가길 기다렸다가 뒤쫓아 나온 것일 수도 있다. 그랬을 수도 있지만, 문제는 진에게는 그럴 이유가 전혀 없다는 거였다. 웃음조차 나오지 않는 황당무계한 이야기를 늘어놓으면서도 모든 것은 선택의 문제이지 의무가 아니라며 그 어떤 것도 강요한 적 없는 진이었다. 자신과 내가 결합하지 않는다고 해도 10번째 매미인까지는 어떻게든 지구로 보낼 수 있을 거라며.

"너는 나를 만난 게 놀랍지 않아? 손톱만큼도?"

진이 대답할 가치도 없이 고개를 획 돌리더니 제 키만 한 검은색 장우산을 활짝 펼쳐 들고는 빗속으로 걸어갔다.

"잠깐만, 그냥 가면 어떡해!"

나는 거의 반사적으로 진의 우산 속으로 뛰어들었다.

"뭐하는 거야?"

"나 우산 없단 말이야."

"그게 나랑 무슨 상관인데?"

"그러니까, 지난번에 내가 너 우산 씌워 준 거 기억 안 나?"

나는 하마터면 네가 어떻게 나한테 이럴 수가 있어, 하고 소리칠 뻔했다. 마침 지나가던 자동차가 빵, 하고 경적을 울려 내 입을 막아 주지 않았다면 견딜 수 없는 창피함으로 내 얼굴이 뻥, 하고 터져 버렸을 거다.

"우산?"

"그래, 바로 이 자리에서. 그때 네가 내 허락도 없이 내 우산 속으로 뛰어 들어왔잖아."

"그래서?"

"그래서라니, 마음 약한 내가 어쩔 수 없이 네가 가자는 방향으로 가 줬고."

"가 줬고?"

잠깐, 뭐가 잘못된 것 같은데.

"가 줬더니……."

"가 줬더니?"

진이 내가 했던 말을 그대로 따라하며 되물었다. 내 입을 그 뒤의 이야기를 듣고야 말겠다는 고집스런 눈빛으로.

"우리 집이었지."

그러자 진이 간다는 인사도 없이 발걸음을 휙 돌렸다.

"잠깐만, 잠깐만."

"또 뭐야?"

"너도 그때 우리 집까지 따라왔으니까, 이번엔 내 차례야."

내가 생각해도 터무니없는 억지를 부리고 있었지만, 어차피 이렇게 된 거 진의 집까지 따라가서 우산이라도 빌려 올 생각이었다.

"그러시든지."

또 어떤 밉살스런 소리로 대꾸할까 마음을 비우고 있었는데, 진은 어깨를 한번 으쓱였을 뿐 담담한 얼굴로 걸음을 옮겼다.

"우산 좀 높이 들 수 없어? 아니면 이리 줘, 내가 들게."

나보다 한 뼘은 더 작은 진이었기에, 거의 정수리와 맞닿아 있는 우산살에 자꾸만 머리카락이 끼었다.

"놔, 높이 들면 되잖아."

진이 버럭 소리를 지르며 우산을 자신의 어깨 높이로 들었다. 이 땅콩만 한 녀석도 남자라고 자존심이 상한 모양이다.

"근데 말이야, 왜 항상 교복을 입고 다니는 거야? 요즘은 중학교에서도 보충수업을 하니?"

"내가 보충수업이나 받고 다니는 모자란 놈으로 보여?"

"아니 그러니까 묻는 거잖아. 학교에 가는 것도 아닌데 왜 교복을 입고 있냐고."

"이걸 입고 있으면 최소한 중학생으로는 봐 주니까. 안 그러면 그냥 어린애로 봐서 너무 피곤해."

열네 살도 충분히 어린애야, 하는 말이 목 끝까지 차올랐지만 열여덟 살인 내가 할 소리는 아닌 것 같아서 꿀꺽 삼켜 버렸다.

한 개의 지하도와 두 개의 신호등을 건너 으리으리한 이층집들이 늘어서 있는 고급 주택가로 접어들자 진이 우산을 바짝 아래로 끌어당기며 말했다.

"고개 좀 숙이고 있어."

"왜?"

"숙이라면 좀 숙여라."

진이 성가시다는 듯이 한마디 툭 던지고는 빠른 걸음으로 왼쪽 코너를 돌았다.

"이제 됐어."

진의 신호에 나는 한껏 움츠리고 있던 목을 쭉 폈다. 하여간 이해할 수 없는 꼬맹이다.

지난주에도 한 번 와 본 적 있는 검은색 대문 앞에 멈춰서 진이 거북이 등딱지 같은 가방의 주머니에서 열쇠를 꺼냈다.

"저기, 우산 좀……."

내 말을 못 들은 건지, 못 들은 척하는 건지 진이 우리 집 현관문의 네 배는 더 될 것 같은 대문에 열쇠를 꽂고 시계 방향으로 돌렸다. 돌부리에 찍혔다던 손바닥의 상처는 깨끗하게 아물어 있었다.

"안 들어오고 뭐해?"

이미 마당 안으로 들어선 진이 시큰둥한 얼굴로 나를 돌아보았다.

"뭐?"

"아무도 없으니까, 신경 쓸 거 없어."

"아니, 그래도 갑자기……."

전혀 예상하지 못했던 진의 행동과 낯선 장소에 대한 경계심이라기보다는 그림처럼 깔끔하게 손질된 정원에서 풍겨져 나오는 서늘함에 선뜻 발걸음이 떨어지지 않았다.

"설마, 결합에 대한 이야기 때문에 그러는 거야? 그거라면 걱정할 것 없어. 우리가 만약 결합한다고 하더라도 31일에만 가능한 이야기고 지구에서는 시도조차 할 수 없는 일이니까."

"이 콩알만 한 녀석이 못하는 소리가 없어!"

맹세코 그런 비슷한 생각조차 해 본 적 없는데, 괜스레 밀려오는 민망함에 나는 진의 뒤통수를 한 대 콩 쥐어박았다.

"야!"

나는 진의 고함을 뒤로 하고 마당에 놓인 징검다리 모양의 돌을 성큼성큼 지나 1층 현관으로 이어져 있는 계단으로 올라갔다.

"실례합니다."

나는 일부러 큰 소리로 인사를 하며 샌들의 끈을 풀었다. 먼지 한 톨 용납하지 않을 것처럼 깔끔한 거실은 마치 인테리어 잡지의 한 페이지처럼 우아하게 꾸며져 있었다. 그래서인지 사람이 살고 있는 집이라기보다는 최고급 호텔의 스위트룸 같은 느낌을 주었다. 내 샌들을 신발장 안에 넣고 일어선 진이 2층 계단을 향해 내 등을 떠밀다시피 했기 때문에 좀 더 자세히 구경하지는 못했지만 푸른 보석의 반짝임 같은 차가운 이미지는 내 머릿속에 아주 선명하게 남았다.

"네 방이 우리 집 거실보다 더 넓은 것 같다."

나는 진이 던져 준 수건으로 팔등과 다리에 묻은 빗물을 닦아내며 거의 모든 것이 흰색인 진의 방을 둘러보았다. 사실, 둘러본다는 표현을 쓰기가 어색할 정도로 간결한 구조였다. 진이 헤엄을 쳐도 될 것 같은 커다란 침대와 스탠드 하나만이 덩그러니 놓여 있는 책상, 그리고 책상과 한 세트인 것 같은 책장과 옷장 하나가 전부였다. 열네 살짜리 남자아이의 방이라고는 믿을 수 없을 만큼 깨끗하고 깔끔해 보여서 약간의 쓸쓸함마저 느껴지는 방이었다. 이 집의 모든 것이 그랬다. 그림 같은 정원도, 멋진 거실도, 그리고 진까지도.

"너도 좀 닦아."

나는 약간 축축해진 수건을 진에게 건넸다. 진의 왼쪽 팔부터 등까지 흠뻑 젖어 있었지만, 진은 카디건을 입은 채 얼굴과 목의 물기만 쓱 닦아 냈다. 물방울이 뚝뚝 떨어지는 카디건을 벗지 않는 이유를 대충 알 것 같았기 때문에 나도 더 이상은 아무 말도 하지 않았다.

"음악 듣는 거 좋아하니?"

나는 침대 옆 테이블 위에 놓인 오디오의 플레이 버튼을 눌렀다. 역시나 흰색인 오디오는 컴퓨터도 보이지 않는 진의 방에서 유일한 전자제품이었다. 그러나 넣어둔 CD가 없는지, 음악 대신 NO DISK라는 파란색 글자만 깜빡였다. 그러자 진이 바닥에 무릎을 꿇고 앉아 새하얀 시트가 덮인 침대 밑으로 팔을 쭉 뻗었다. 진이 침대 밑에서 꺼낸 것은 카본 재질의 바이올린 케이스였다.

"너도 바이올린 배웠어?"

진이 고개를 가로저으며 케이스의 뚜껑을 열었다. 한눈에 봐도 유명한 바이올리니스트들이나 가지고 있을 법한 고가의 바이올린이라는 것을 알 수 있었다.

"너 진짜 부잣집 도련님이구나. 이거 누구 바이올린이야?"

"몰라, 우리 집 창고에서 찾은 거야."

진이 그런 건 별로 중요하지 않다는 듯이 눈썹을 한번 으쓱이고는 바이올린을 케이스에서 꺼냈다. 그러자 바이올린 밑에 깔려 있던 손수건 한 장이 자신이 이 케이스의 진짜 주인이라는 듯 그 모습을 드러냈다.

"웬 손수건이지?"

네모반듯하게 접혀 있는 손수건을 조심스럽게 펼쳐 보자 한쪽 귀퉁이에 수놓아진 파란 장미가 피어났다.

"어? 이 자수는……."

진이 눈짓으로 그게 뭐, 하고 물었다.

"내 손수건에 새겨져 있는 거랑 똑같은 모양이잖아, 이 장미."

선생님이 나를 다시 제자로 받아 주셨던 날, 선물로 주신 손수건에 새겨져 있는 바로 그 장미 모양이었다. 내 손수건에 새겨진 장미는 붉은 색이긴 하지만.

"지난번에 내가 빌려준 손수건 말이야, 어디 있어? 깨끗하게 잘 빨아 놨겠지?"

"몰라."

"야, 그게 무슨 소리야?"

나는 파란 장미가 새겨져 있는 손수건을 꽉 움켜쥐며 소리쳤다.

"그깟 손수건 한 장 가지고 유난은."

"그깟 손수건이라니, 그게 어떤 건 줄 알아? 우리 선생님이 직접 수까지 놓아 주신 거란 말이야."

"너희 선생님이 농담한 거겠지. 이 장미는 이 브랜드에서 만든 손수건에 원래 다 새겨져 있는 거야."

진이 피식 코웃음을 치며 내게서 손수건을 빼앗아 케이스 위로 툭 던졌다.

"아닌데, 그럴 리가 없는데."

"아무리 봐도 넌 여왕 매미 감은 아닌 것 같다."

나는 아랫입술을 깨문 채 진을 찌릿 흘겨보았다. 우리가 매미인이라는 진의 이야기를 믿는 건 아니지만, 내가 여왕 매미 감이 아니라는 말을 들으니 기분이 좋지는 않았다.

"그래서 내 손수건은 어쨌다는 거야?"

"얼룩이 남을 것 같아서 세탁소에 맡겼어."

예의라고는 눈을 씻고 찾아봐도 없는 녀석이지만 경우까지 없는 건 아닌 모양이다.

"연주해 봐."

진이 손에 든 바이올린을 나에게 건넸다.

"그럼 그렇지. 나를 여기까지 데려온 이유가 이거였어?"

"하기 싫음 말고."

나는 진의 말이 끝나기도 전에, 바이올린을 다시 케이스에 집어 넣으려는 진의 손목을 꽉 붙잡았다. 그동안 사진이나 영상으로만 봐 왔던 최고급 바이올린이었다. 내 인생에 이런 바이올린을 연주해 볼 수 있는 기회가 또 있을까 싶을 만큼.

"혹시라도 줄이 끊어진다거나 다른 어떤 예상치 못한 상황이 발생하다고 해도 나랑은 상관없는 거다?"

진이 아주 한심하다는 눈빛으로 나를 가만히 바라보았다.

"도련님은 역시 도련님이네. 열네 살짜리 남자애가 클래식을 다 좋아하고."

"누가 그래? 내가 클래식을 좋아한다고?"

"그럼 이걸로 최신 유행가라도 연주하라는 거야? 아니면 만화주제곡?"

그러고 보니 오디오가 있긴 하지만, CD는 한 장도 보이지 않는다.

"쓸데없는 소리 좀 하지 마. 난 그냥 바이올린 소리가 듣고 싶은 것뿐이니까."

"그건 또 무슨 소리야."

의미를 알 수 없는 진의 말에 작은 피로가 몰려왔다.

"역시, 모르고 있을 줄 알았어."

진이 나를 빤히 바라보며 고개를 가로저었다. 이번에는 또 무슨 폭탄 같은 말을 던지려고 저러는지 가슴이 두근거렸지만, 나는 애써 아무렇지 않은 척, 토라진 어린아이를 달래듯 진에게 되물었다.

"내가 뭘 모르는데?"

"네가 바이올린을 전공하게 된 게 우연이라고 생각해?"

물론 우연은 아니다. 비가 바이올린 소리를 좋아했기 때문에 나도 자연스럽게 바이올린 소리를 듣고 자랐고 전공까지 하게 됐다. 한때는 그런 이유 때문에 바이올린을 그만두기도 했었다. 지금도 그 생각만 하면 짜증이 울컥 솟구치면서 바이올린을 쳐다보는 것조차 싫어진다. 그런데도 내가 다시 바이올린을 잡은 이유는 내가 그만큼 바이올린이라는 악기를 진심으로 좋아하기 때문이다.

"우리는 바이올린 소리를 좋아할 수밖에 없어. 애초에 그렇게 태어난 종족이니까."

"또 매미인이 어쩌고 행성이 어쩌고 그 얘길 하고 싶은 거야?"

나는 일부러 헛웃음까지 지어보였지만 진은 전혀 개의치 않는 것 같았다.

"원리가 같아. 바이올린이랑."

"네 이야기를 믿는 건 아니지만, 최소한 알아들을 수는 있게 말해 줘야지."

"소리 말이야, 매미와 바이올린의 소리. 바이올린이 현과 활의 진동을 속이 빈 몸통으로 공명시키듯이, 매미들도 발음근과 발음판으로 만들어 낸 진동을 배 안의 커다란 공기주머니로 공명시켜서 소리를 내는 거야."

움직이면 움직일수록 더욱 깊게 빠져드는 늪에 빠진 기분이었지만 차라리 잘됐다는 생각이 들었다. 내가 바이올린을 선택하게 된 것이 비의 영향이라고 인정하는 것보다는 매미인으로서의 본능이었다는 쪽이 훨씬 더 받아들이기 쉬웠으니까.

"그럼 내가 좋아하는 곡으로 연주할게."

더 이상은 진의 이야기를 듣고 싶지 않았기 때문에 나는 서둘러 활을 잡았다. 조금 전에 본 손수건의 문양 때문인지, 나는 딱히 어떤 곡을 연주해야겠다는 생각도 없이 너무나도 자연스럽게 '여름의 마지막 장미'를 연주했다. 마치 처음부터 그 곡을 연주할 예정이었다는 듯이.

"멈춰."

갑자기 자리에서 벌떡 일어선 진이 책상 위로 뛰어올라가 창문 밖을 내려다보았다.

"젠장!"

얼굴이 새하얗게 질린 진이 뚜껑이 열린 바이올린 케이스를 아무렇게나 침대 밑으로 차 버리고는 옷장 문을 활짝 열어젖혔다. 그러고는 네모난 케이스에 든 CD 서너 장을 꺼내며 소리쳤다.

"내가 문 열어 줄 때까지 여기서 꼼짝하지 말고 있어."

"왜 그래, 부모님이라도 오셨어?"

진이 헌 짐짝을 쑤셔 넣듯 나를 옷장 속으로 밀어 넣는 바람에 이마와 정강이 여기저기에 작은 불꽃이 번쩍번쩍 일었지만 혹시라도 손에 든 바이올린에 흠집이 날까 나는 진의 바이올린부터 품에 꼭 껴안았다.

"다시 한번 말하지만, 내가 나오라고 할 때까지 절대로 나오면 안 돼. 절대로!"

진의 부모님을 만나고 싶지 않은 건 나 역시 마찬가지였다. 고등학생 여자애가 중학교 1학년짜리 남자아이의 집에 놀러온 것부터가 흔한 일이 아니었고 어떻게 알게 된 사이인지조차 제대로 설명할 수 없었으니까.

깜깜한 고요가 찾아온 옷장 속에서 나는 손전등을 대신해 휴대폰의 카메라 플래시를 켰다. 머리 위로는 셔츠와 재킷 같은 진의 옷가지들이 보였고 가슴 높이까지 세운 무릎 앞으로는 작은 트렁크 가방 크기만 한 파란색 상자가 하나 보였다. 어쩐지 엉덩이가 불편하다 했더니 빗살 무늬가 새겨진 상자의 뚜껑을 깔고 앉은 거였다. 나는 조심스럽게 엉덩이 밑에 깔린 뚜껑을 빼낸 다음 카메라 플래시를 상자 속으로 비춰 보았다. 수백 장이 넘는 CD 케이스가 납작한 벽돌처럼 빼곡히 쌓여 있었다. 뉴욕이나 베를린 필하모닉 같은 세계적인 오케스트라의 연주회 CD들부터 누구나 한 번쯤은 이름을 들어 봤을 클래식 작곡가들의 전집, 그리고 현대 음악계에서 손꼽히는 바이올리니스트들의 연주 CD까지 전부 다 클래식, 특히 바이올린과 관련된 음반들이었다.

매미인으로서의 본능이든 지구인으로서의 음악적 취향이든, 진이 바이올린 연주를 아주 좋아한다는 것만큼은 분명하게 알 수 있었다. 국내에서는 구하기 힘든 명반들도 많이 보여서 진이 허락해 준다면 몇 장 빌려 가야겠다고 생각했다.

그때였다. 방문이 벌컥 열리는 소리가 나더니 날카로운 파열음이 탁, 탁, 탁 세 번 울렸다. 연이어 무거운 물건이 바닥에 내리꽂히는 듯한 둔탁과 울림과 함께 살과 살이 스치는 서늘한 마찰음이 들려왔다.

짝, 짝, 짝…….

진의 맨살이 드러나 있는 곳은 하얀 뺨뿐이었다. 일곱까지 세었던 나는 바이올린과 휴대폰을 던지듯 놓아 버리고 두 손으로 양쪽 귀를 틀어막았다. 빛과 함께 소리가 사라지자 현실감마저 사라졌다. 시간이 멈추었고 생각이 멈추었다. 나는 실로 아주 오랜만에 내 어린 시절의 대부분을 보냈던 그 비밀스러운 세계로 빠져들었다.

"이제 나와도 돼."

얼마 동안의 시간이 흐른 건지, 갑작스럽게 옷장 속으로 쏟아지는 빛에 나는 눈을 제대로 뜰 수가 없었다. 레몬맛 눈물이라도 고인 것처럼 시린 눈을 힘겹게 뜬 순간, 제일 먼저 내 시야에 들어온 것은 산산조각이 난 CD 케이스와 그 파편들을 두 손으로 쓸어 모으고 있는 진의 뒷모습이었다. 달팽이처럼 몸을 움츠린 진의 옆으로는 조금 전까지 오디오였던 흉물스러운 덩어리가 전쟁의 잔해처럼 나뒹굴고 있었다.

"대체 이게 어떻게 된 일이야?"

"아버지가 왔었어. 보통 한 달에 한두 번씩 마주치는데, 그게 하필이면 오늘이네."

이 폭풍의 근원이 아버지라는 말도, 같은 집에 사는 아버지를 한 달에 한두 번 만난다는 얘기도, 나는 도무지 이해할 수가 없었다.

"너희 아버지가 이런 거라고? 왜?"

"이 세상에서 바이올린 소리를 제일 싫어하는 사람이거든. 듣고 있으면 소름이 돋는대. 손톱으로 칠판을 긁는 소리처럼."

"그럼 이 바이올린은 뭐야?"

"말했잖아, 창고 속에서 찾은 거라고. 누가 넣어 둔 건지는 모르겠지만, 아버지가 아니라는 것만큼은 확실해."

진은 바이올린을 지키기 위해 CD 세 장과 오디오를 희생시킨 거였다.

"내 연주 실력이 꽤 쓸 만하긴 한가 봐. CD 소리라고 믿으신 것 보면."

'아무리 바이올린 소리를 싫어해도 그렇지, 이건 정말 너무 하잖아' 같은 말은 하지 않았다. 세상에는 이까짓 일과는 비교도 할 수 없을 만큼 너무한 일들이 지금 이 순간에도 차고 넘치게 일어나고 있을 테니까.

"조심해, 거기 파편 있어."

반걸음씩 뒷걸음치고 있는 진의 왼발 뒤로 유리 조각처럼 날카로운 파편 하나가 눈에 띄었다. 나는 서둘러 진의 어깨를 붙잡았고 깜짝 놀란 진이 고개를 들어 나를 올려다보았다.

"진……."

말문이 막힌다는 말의 의미를, 나는 열일곱 번째 생일을 닷새 앞두고 정확히 알 수 있었다.

"진……."

빨갛게 부풀어 오른 진의 두 뺨은 석양이 내리는 저녁 하늘처럼 보랏빛으로 물들고 있었고 양쪽 입술 끝과 아랫입술 한 곳에는 진득하게 굳은 핏방울이 맺혀 있었다. 진이 지금의 얼굴로 내 앞을 스쳐 지나갔다면, 나는 결코 진을 알아보지 못했을 것이다.

"진……."

마지막으로 울었던 게 언제인지 잘 기억도 나지 않을 만큼 나는 눈물이 없는 편이다. 어렸을 때부터 그랬다. 화장실 안으로 걸레 빤 물이 양동이 채로 쏟아졌을 때도 울지 않았고 책상 서랍 속에 죽은 새가 들어 있었을 때도 그랬다. 중학교 시절 담임 선생님이 우리 반에는 왕따 같은 거 없지, 하고 물으며 피곤하다는 눈빛으로 나를 쳐다보았을 때도 눈물 같은 건 흘리지 않았다. 그런데 지금은 도저히 참을 수가 없었다. 창밖의 빗방울보다 더 굵은 눈물 방울들이, 얼음처럼 반짝이고 있는 플라스틱 파편 위로 쏟아졌다.

"괜히 쓸데없는 오해하지 마. 지금까지 내 얼굴에 긁힌 상처 하나라도 본 적 있어? 없지? 상습적인 폭행이나 학대 같은 건 말이야, 최소한의 관심이라도 필요한 행위거든. 내 주머니를 털어 가는 덜떨어진 자식들이 내가 몇 시에 학원을 가고 몇 시에 집으로 돌아가는지 정확히 알고 있는 것처럼 말이야. 그런데 내 아버지라는 사람은 아니야. 그 사람은 가끔씩 자기한테 아들이 하나 있다는 사실조차 까맣게 잊어버리거든. 오늘도 바이올린 소리만 아니었다면 내 방은 쳐다보지도 않고 나갔을걸."

나는 그대로 주저앉아 어린아이처럼 엉엉 울음을 터트렸다. 왜 이렇게까지 눈물이 나는 건지 나 스스로도 이해할 수 없었지만,

울음을 터트리지 않고는 숨을 쉴 수가 없을 것 같았다.

"그리고 내가 매미 행성으로 돌아가기로 결정한 것과 지금의 내 상황과는 아무 상관없어. 나는 내가 매미인이라는 것을 자각한 순간부터 돌아가기로 결심했었으니까. 그러니까 이 지긋지긋한 지구에 태어난 바로 그 순간부터."

쌉싸래한 미소를 마지막으로 진은 내가 눈물을 그칠 때까지 그저 가만히 나를 바라보고만 있었다. 가슴 가득 까만 먹구름이 들어찬 것처럼 나는 울고 또 울고, 하염없이 울었다.

눈물이 그치자 하늘의 비도 그쳤다. 엉망으로 부어오른 눈 때문에 진의 얼굴조차 보이지 않았다. 그래서 다행이라고 생각하면서 나는 아무런 인사도 없이 도망치듯 진의 집을 빠져나왔다.

보이지 않는 수천 마리의 매미들이 가슴이 터질 듯이 울어 대기 시작했다.

8월의 다섯 번째 주

토요일도 아닌데 아저씨로부터 전화가 왔다. 사흘 내내 침대에만 누워 있는 내가 아무래도 이상했는지, 엄마가 아저씨에게 SOS를 친 모양이었다. 하지만 오늘 저녁에는 이미 수아와의 선약이 있어서 아저씨와는 수아의 학원 수업이 끝날 때까지 근처에 있는 카페에서 새로 나온 빙수를 같이 먹어 보기로 했다.

약속 시간보다 조금 일찍 카페에 도착해서 휴대폰을 만지작거리고 있는데, 누군가 내 맞은편 자리에 앉으며 인기척을 냈다.

"아저……."

"안녕."

이마에 땀방울이 송골송골 맺힌 차은세가 손바닥을 짧게 들어 보이며 내게 인사를 건넸다. 울컥 짜증이 솟구칠 만큼 여전히 제멋대로인 아이다. 이지수가 들으면 자격지심이 어쩌고저쩌고 꽈배기를 꼬듯 비꼬아 대겠지만.

"여긴 어쩐 일이야?"

나는 차은세의 질문을 완전히 무시한 채 다시 휴대폰 화면으로 시선을 돌렸다.

"재밌는 뉴스라도 떴어?"

"지금 뭐하는 거야!"

차은세가 내 눈앞으로 불쑥 얼굴을 들이미는 바람에 하마터면 휴대폰을 떨어뜨릴 뻔했다.

"이제야 상대를 해 주네."

"저리 좀 가 줄래?"

나는 한껏 치밀어 오른 짜증을 숨기지 않고 차은세를 노려보았다.

"미안, 귀찮게 할 생각은 없었어. 그냥 지나가는 길에 네가 보여서 인사라도 하고 싶었던 것뿐이야."

차은세가 멋쩍은 얼굴로 어깨를 한 번 으쓱이고는 자리에서 일어섰다. 그 모습을 보니 내가 너무 예민하게 굴었다는 생각이 들기도 했지만, 사과를 하고 싶지는 않았다.

"그럼 갈게."

차은세가 레몬맛 사탕을 두 개를 테이블 위에 내려놓고는 카페를 나갔다. 나는 덩그러니 놓여 있는 사탕 두 개를 집어 가방 속에 아무렇게나 쑤셔 넣었다.

“일찍 왔네.”

차은세가 떠난 지 5분도 채 지나지 않아 연한 핑크색 와이셔츠를 입은 아저씨가 카페 안으로 들어섰다.

“저도 방금 왔어요.”

“이제 여름도 다 끝나 가는데, 더위는 물러갈 생각을 안 하네.”

아저씨가 휴대폰과 자동차 열쇠를 테이블 위에 내려놓으며 작은 종이봉투 하나를 내게 건넸다.

“뭐예요, 이게?”

“선물.”

나는 고개를 갸웃거리며 종이봉투를 봉하고 있는 테이프를 뜯었다.

“우와, 이거 진짜 들어 보고 싶었던 건데!”

요즘 내가 제일 좋아하는 프랑스 신인 바이올리니스트의 새 음반이었다. 국내에서는 발매 계획조차 잡혀 있지 않아서 해외 구매를 알아보고 있던 중이었다.

“회사 동료가 지난주에 파리로 출장을 갔거든. 그래서 아저씨가 특별히 부탁 좀 했지.”

“진짜 감사해요!”

크리스마스 날 아침, 양말 속에 든 선물 상자를 발견한 아이처럼 가슴이 벅차올랐다. 혹시라도 카페에 놓고 갈까 봐, 종이 봉투를 원래대로 잘 포장한 다음 가방 깊숙이 넣었다.

"기분이 좀 좋아졌어?"

나는 대답 대신 고개를 끄덕였다. 아저씨는 왜 기분이 좋지 않았냐고 구태여 묻지 않는다. 바로 그런 점이 내가 아저씨를 좋아하는 수많은 이유들 중의 하나다.

"잠깐 화장실 좀 다녀올게요."

차은세가 준 사탕 때문인지 봉투에 붙어 있던 테이프 때문인지 오른손 전체가 끈적끈적거렸다. 나는 무릎 위에 올려 두었던 가방을 어깨에 걸치며 대각선 끝으로 보이는 화장실로 향했다.

세면대 옆에 놓인 거품 비누로 두 손을 적신 뒤 손톱으로 살살 문지르자 눌러 붙은 껌 같던 끈적임이 깨끗이 사라졌다. 페이퍼 타월로 물기를 대충 닦아 낸 다음 거울을 보며 제멋대로 갈려져 있는 앞머리와 옷매무새를 정리했다. 그날 얼마나 많은 눈물을 흘렸는지, 그때의 부기가 사흘이 지난 지금까지도 어슴푸레하게 남아 있는 거 같았다.

결코 동정이나 연민의 눈물은 아니었다. 그 투명한 물 속에 녹아든 감정이라고는 오로지 절망뿐이었으니까.

나는 늘 누군가의 손길을 기다리는 아이였다. 당연히 지금껏 단

한 번도 내가 누군가를 향해 먼저 손을 내민다는 건 상상조차 해 본 적 없었다.

진, 너는 상대를 잘못 고른 거야. 나는 널 구원하기는커녕 내 자신을 구원할 방법조차 모르는걸.

고개를 두세 번 가로젓는 것으로 눈앞에 떠오른 진의 얼굴을 지워 버렸다. 그러고는 숨을 한 번 크게 내쉰 다음 아저씨가 기다리고 있는 테이블로 돌아갔다.

가까워지는 발걸음 소리를 눈치챈 아저씨가 고개를 돌려 나를 바라본 순간, 검은색 핸드백을 손목에 건 여자가 나를 한발 앞서 스쳐지나갔다.

"어머, 선우 씨! 여긴 어쩐 일이에요?"

당황한 아저씨가 자리에서 벌떡 일어나 여자를 향해 가볍게 고개를 끄덕였다.

"유라 씨 오랜만이네요. 그동안 잘 지냈어요?"

"저야 늘 똑같죠 뭐. 정연이도 잘 있죠? 요즘 통 연락을 못 했거든요."

하얀 블라우스에 검은색 스커트를 입은 여자는 이십 대 중후반 정도로밖에 보이지 않았지만 실제 나이는 그보다 훨씬 위인 모양이었다.

"잘 있어요. 조만간 태오랑 다 같이 식사 한번 해요."

아저씨가 몹시 난처한 얼굴로 나를 힐끗힐끗 쳐다보며 말했다. 그 순간 여자의 시선이 핑크색 실리콘 커버가 끼워진 내 휴대폰으로 향했다.

"이게 그러니까……."

당황한 아저씨가 애꿎은 입술만 달싹이고 있는 사이, 여자가 고개를 뒤로 돌려 얼음처럼 굳어 버린 나를 빤히 쳐다보았다.

"누구, 아는 학생이에요?"

갑작스럽게 밀어닥친 파도는 아저씨와 내가 아주 오랫동안 정성스럽게 쌓아 올린 모래성을 한순간에 흔적도 없이 삼켜 버렸다. 그 파도에 휩쓸려 깊은 바닷속으로 빠져든 나는 비명 한 번 지르지 못한 채 그저 끝없이 아래로, 아래로 가라앉고 있었다. 이것 봐, 진. 나는 내 자신조차 구원해 내지 못하는 인간이야.

"조금 전에 전화 받으신 분이시죠?"

목소리의 주인공을 알아차리기까지 그리 오랜 시간이 걸리지는 않았다.

"진짜 감사합니다."

차은세가 아저씨를 향해 허리를 굽혀 인사를 한 다음 테이블 위의 휴대폰을 집어 나에게 건네주었다.

"내가 휴대폰 잘 챙기라고 했지? 다른 사람이 홀랑 주워 갔으면 어쩔 뻔했어."

차은세가 내 손을 덥석 잡으며 아저씨를 향해 다시 한번 고개를 꾸벅였다.

"정말 감사해요. 얘가 이렇게 예쁘게 생겨서는 엄청 덜렁이거든요."

나는 차은세의 손에 이끌려 마치 처음 보는 사람처럼 아저씨를 향해 고개를 숙였다.

"다음부터는 조심하도록 해요."

아저씨 역시 모르는 사람을 대하듯 나를 향해 말을 높였다. 가끔씩 머릿속으로 그려 보았던 장면이었다. 지금처럼 아저씨의 지인과 마주치게 되면 모르는 사람처럼 행동해야 된다고 생각했었다. 당연히, 아주 당연히.

차은세가 멍하니 서 있는 내 손을 끌어당겨 카페 밖으로 데리고 나갔다. 그러고는 처음부터 그럴 생각이었던 것처럼, 카페 앞 정류장에 멈춰서 있는 3번 버스에 올랐다.

맨 뒷자리에 나란히 앉아 세 정거장쯤 지났을까, 그제야 정신이 든 내가 자리에서 일어서려고 하자 차은세가 내 손을 잡아당겨 다시 자리에 앉혔다. 그때까지 차은세와 손을 잡고 있었다는 것도 몰랐던 나는 얼른 잡힌 손을 빼내며 차은세를 힘껏 노려보았다.

"너는 내가 우스워? 만만해? 전교생이 다 아는 왕따니까, 아버지 이름도 모르는 사생아니까, 나 같은 건 네 마음대로 해도 된다고 생각하는 거야?"

"단결, 너 진짜 꼬일 대로 꼬였구나."

지금껏 이런 눈빛으로 나를 쳐다본 사람은 없었다. 내 식판 위에 지우개 가루를 뿌리던 아이들의 싸늘한 경멸의 눈빛도 아니었고 나를 보는 아저씨의 슬픈 연민의 눈빛도 아니었다. 아주 곧고 강렬하지만 어딘가 안타까움이 느껴지는 그런 눈빛이었다.

"너야말로 내가 우습고 만만해? 아니면 내가 너한테 뭐 잘못한 거라도 있어?"

웃음기가 사라진 차은세의 얼굴은 처음 보는 사람의 얼굴만큼이나 낯설게 느껴졌다. 차은세가 숨을 짧게 내쉬더니 한결 차분해진 목소리로 말을 이었다.

"나는 그냥 널 도와주고 싶었던 것뿐이야. 내 행동이 네 기분을 상하게 했다면 사과할게, 미안해"

나도 안다. 차은세에게 고맙다는 인사를 먼저 했어야 한다는 걸. 하지만 입술이 떨어지질 않았다. 차은세의 말이 맞다. 나는 그냥 꼬인 정도가 아니라, 껌이 눌러 붙은 머리카락처럼 손을 댈 엄두조차 낼 수 없을 만큼 엉망으로 엉켜 있는 인간이다.

"만약 네 사람이 타면, 여기서 내리는 거야."

버스가 정거장에 멈춰 서기 직전, 차은세가 아무 일도 없었다는 듯이 버스의 앞문을 가리키며 말했다.

"하나, 둘……."

나는 차은세의 말에 대꾸조차 하지 않았지만, 눈으로는 차은세의 목소리를 따라 버스에 오르는 승객의 수를 세고 있었다.

"넷! 아저씨, 잠깐만요. 저희 여기서 내릴게요."

차은세가 서둘러 내 손을 잡고 버스에서 내렸다. 그러고는 곧바로 우리가 내린 버스 뒤에 서 있던 8번 버스 위로 뛰어올랐다. 지금까지 단 한 번도 타 본 적 없는 버스였다.

"지금 뭐하는 거야?"

"이번에는 세 명이 타는 정거장에서 내리는 거야."

나는 더 이상의 질문은 하지 않기로 했다. 이런 무의미한 행동에 이유 같은 게 있을 리가 없었으니까. 그리고 이 바보 같은 행동에 동참하는 것으로 카페에서 있었던 일에 대한 감사를 대신하기로 했다.

다섯 번째 정거장에 이르러서야 세 명의 승객이 버스에 올랐다. 우리는 곧장 버스에서 내렸고 그 정거장에 제일 먼저 도착한 31번 버스에 다시 올랐다.

"이제 곧 퇴근 시간이니까, 숫자를 좀 늘려 볼까? 일곱 명 어때?"

"여덟 명."

나는 창밖을 바라보며 시큰둥하게 대답했지만, 차은세가 내 옆얼굴을 향해 빙그레 미소를 짓고 있다는 것쯤은 알 수 있었다.

멈춰서는 정거장마다 대여섯 명의 승객만이 버스에 올랐고 우리가 탄 버스는 계속해서 다음 정거장을 향해 달려갔다. 나는 이 도시에서 태어나 줄곧 이곳에서만 살았다. 그런데도 지금까지 이름 한 번 들어 본 적 없는 동네가 이렇게나 많다는 사실에 새삼 세상이라는 곳의 크기를 실감할 수 있었다.

대부분의 사람들은 자신이 알고 보고 들은 것이 세상의 전부라고 생각한다. 나 역시 그랬다. 내가 접하고 겪고 느낀 것이 이 세상의 전부라고 생각했다. 그런데 어쩌면 조금 성급했던 건지도 모른다는 생각이 들기 시작했다. 17년 동안이나 살아온 도시 하나 제대로 알지 못하는 내가 이 세상이라는 곳을 전부 다 아는 척했다는 것이.

"여기서 내려야겠다. 다음이 종점이네."

일곱 명이나 아홉 명의 승객이 탄 정류장은 서너 개 정도 있었지만, 정확히 여덟 명의 승객이 탄 정류장은 없었기 때문에 우리는 종점 바로 전의 한적한 아파트 단지 앞에서 내렸다. 차은세에게 여기가 어디쯤이냐고 물었더니 우리가 처음 버스를 탄 곳에서 한 시간 정도 떨어진 곳이라고 했다. 그렇지만 지금은 한창 퇴근길 교통체증이 시작되었을 테니 되돌아가려면 한 시간 반에서 두 시간은 더 거릴 거라고 했다.

나는 휴대폰을 꺼내 수아에게 문자를 보냈다. 거짓말을 하고 싶지는 않았지만 지금까지의 모든 상황을 다 설명해 줄 수는 없을 것 같아서 몸이 좀 안 좋으니 오늘 약속은 다음으로 미뤄야겠다는 핑계를 댔다.

"큰길로 나가서 7번을 타고 시청 앞에서 다시 3번으로 갈아타면 된대."

휴대폰으로 인터넷을 검색하던 차은세가 휴대폰을 다시 주머니에 넣으며 눈앞에 보이는 횡단보도를 가리켰다.

"잠깐만."

파란 불로 바뀐 횡당보도를 건너려던 차은세가 걸음을 멈추고는 나를 돌아보았다.

"네가 좋은 애라는 거 알아."

나와 눈이 마주친 차은세가 조금 쑥스럽다는 표정으로 고개를 갸웃거렸다.

"나 같은 애를 보면 도와주고 싶다는 생각이 든다는 것도 알고."

고등학생이 되어서도 나는 여전히 왕따였지만 예전처럼 눈에 띄는 따돌림을 받지는 않았다. 단지 아이들은 내가 투명인간이라도 된 것처럼 나를 무시하거나 내가 전염병 바이러스라도 되는 것처럼 나를 피할 뿐이었다. 만약, 어렸을 때처럼 내 사물함이 쓰레기통이 된다거나 한 숟갈도 뜨지 못한 식판을 머리 위에 뒤집어쓰는 일이 있었다면 차은세는 분명 환희나 수아가 그랬던 것처럼 나보다 더 화를 내며 아이들의 행동을 막아 주었을 것이다. 새빨간 김치 국물을 뒤집어쓴 사람이 나였든, 수아였든, 이지수였든 우리 반의 그 누구였든.

"너는 호의로 하는 행동이겠지만 나한테는 그저 불편하고 성가신 행동일 뿐이야. 나, 네가 생각하는 것처럼 그렇게 불쌍한 애는 아니거든."

"저기, 네가 뭔가 착각하는 거 같은데."

차은세가 황당하다는 듯이 눈썹을 살짝 찌푸리더니 내 눈을 똑바로 바라보며 말했다.

"내가 너에게 호의를 갖고 있는 건 맞아. 그런데 그 감정을 어째서 동정이라고 생각하는 거야?"

나는 차은세의 말을 이해할 수가 없었다. 이런 내 생각을 눈치챘는지, 차은세가 작은 한숨을 내쉬며 말을 이었다.

"그러니까 내 말은……."

잠깐 동안 내 눈을 빤히 바라보던 차은세가 빵빵하게 부풀어 오른 풍선의 바람을 살짝 빼듯, 내 휴대폰으로 시선을 돌리며 물었다.

"네 남자 친구는 하루 종일 뭐 하냐? 여친한테 전화도 한 통 안 하고."

"그러는 네 여자 친구는?"

"내 여자 친구? 무슨 여자 친구?"

고개를 갸웃거리던 차은세가 이내 무슨 말인지 알겠다는 듯 피식 웃음을 터트렸다.

"그때 만난 우리 누나 말하는 거야?"

"누나?"

"그래, 우리 누나. 나랑 완전히 똑같이 생겼다고들 하던데."

그러고 보니 두 사람의 눈매라든지 반듯한 콧대, 갸름한 얼굴형이 그대로 겹쳐지는 것 같기도 하다.

"그럼 너, 그때 우리 누나가 한 농담을 진짜로 받아들인 거야?"

넘어진 책장처럼 머릿속이 뒤죽박죽 엉망이 된 느낌이었다.

'수아한테 빨리 말해 줘야 하나? 여자 친구가 아니라 누나였다고? 근데 그걸 어떻게 알았냐고 하면?'

"너한테 이런 어리바리한 매력이 있는 줄은 몰랐네."

차은세가 어깨를 가볍게 으쓱인 다음 파란 불이 들어온 횡단보도를 건넜다. 나는 아무 말 없이 그 뒤를 따라 횡단보도를 건넜고 7번 버스에 올랐다. 우리는 옆자리에 나란히 앉았지만 한 마디의 대화도 나누지 않았다. 차은세가 한 말은 3번으로 갈아타야 하는 시청 앞에서 "여기서 내려야 돼"라고 한 것이 전부였고 나는 우리 아파트 앞 정거장에서 "난 여기서 내려"라고 한 것이 전부였다.

내가 버스에서 내리자 차은세도 나를 따라 버스에서 내렸다. 우리 집 앞까지 데려다주겠다는 뜻인 것 같았다. 조금 부담스럽기도 하고 괜히 수아의 얼굴이 떠오르기도 했지만, 뭐 고작 5분 정도 더 같이 걷는다고 해서 세상이 거꾸로 뒤집히지는 않을 테니까.

"한 가지 물어보고 싶은 게 있어."

차은세가 내 옆얼굴을 바라보았다.

"내가 널 우습게 생각하고 만만하게 생각했던 건 아니지만, 일부러 무시했던 건 맞아."

차은세가 그럴 줄 알았다는 듯 고개를 끄덕였다.

"근데 어떻게 그렇게 아무렇지도 않을 수 있는 거야? 너에 대해서 아무것도 모르면서 이유도 없이 무시하고 못되게 굴었는데."

"그 답은 너도 이미 알고 있잖아."

차은세가 빙그레 미소를 지으며 말했다.

"나에 대해서 아무것도 모르면서 그런 거라며."

"그게 이유라고?"

"응, 나는 자신 있었어. 네가 나에 대해서 알게 되고 내가 어떤 마음으로 널 바라보고 있는지 알게 되면 너도 분명 나를 좋아하게 될 거라고. 그러니까 꼭 남자, 여자로서가 아니라 사람 대 사람으로서 말이야."

그러고는 조금 쑥스러웠는지 차은세가 까만 눈썹을 크게 으쓱이며 킥킥 웃음을 터트렸다.

"이런 걸 근자감이라고 하는 건가?"

그 맑은 미소를 바라보며 나는 진심으로 부럽다는 생각이 들었다. 자기 자신에 대한 확신, 내가 지금껏 단 한 번도 가져 보지 못한 그 믿음이.

비록 내가 원한 것은 아니었지만 나는 아버지의 이름도 모르는 사생아였고 그 사실은 결코 부인할 수 없는 나의 일부였다. 그래서 아이들이 나를 손가락질하고 따돌려도 어쩔 수 없는 일이라고 생각했다. 나와 눈 한번 맞춰 본 적 없는 아이들이 나를 욕하고 괴롭혀도 그저 내가 견뎌 내야 하는 일이라고만 생각했다.

"여기야, 우리 집."

나는 108동 입구를 가리키며 걸음을 멈추었다.

"이거."

차은세가 주머니에서 주황색 사탕을 꺼내 나에게 건넸다.

"이것 때문에 되돌아간 거였어. 레몬맛 하나, 오렌지맛 하나 주려고 했는데 레몬만 두 개를 줘 버려서."

나는 소리 없는 웃음을 지으며 차은세의 손바닥 위에 놓인 오렌지맛 사탕을 집었고 차은세는 그런 내 손을 쥐었다.

"아주 오래 전부터 너한테 해 주고 싶었던 말이 있었어. 정확히 말하면 할 수 없는 말이겠지만."

"할 수 없는 말?"

"응, 어쩌면 영원히 할 수 없을 지도 모른다고 생각했었어."

"그게 뭔데?"

"이미 말했어. 내가 직접 한 건 아니지만."

차은세가 한 걸음씩 뒤로 물러서며 내 손을 살며시 놓았다.

"갈게, 다음 주에 학교에서 보자."

나는 차은세의 뒷모습이 시야에서 사라질 때까지 가만히 지켜보았다. 특별한 이유가 있었다기보다는 그냥, 그러고 싶었다. 아마도 차은세가 내게 해 주고 싶었다는 그 말을 찾고 싶었던 것 같다.

한참의 시간이 흐르고 끝내 답을 찾지 못한 내가 아파트 입구를 향해 돌아선 순간, 누군가 내 심장을 쥐어짜기라도 한 것처럼 숨이 턱 막혀 왔다.

"어디, 병원이라도 다녀오는 길이신가 봐?"

이지수의 빈정거림 같은 건 귀에 들어오지도 않았다.

"수아야, 그게……."

왼쪽 뺨에서 서늘한 불꽃이 일었다. 통증 같은 건 느껴지지 않았다. 수아는 금방이라도 눈물방울이 쏟아질 것 같은 눈으로 나를 바라보고 있었고 이지수는 뺨 한 대로는 성이 차지 않는다는 듯 오른손을 파르르 떨고 있었다.

"이 남자, 저 남자 만나고 다니는 것도 유전이니?"

"아무것도 모르는 주제에 함부로 말하지 마."

"이런 상황에서도 고개 빳빳이 쳐들고 지껄이는 것 좀 봐. 질렸다, 정말. 수아야, 내가 뭐랬어? 저런 더러운 계집애한테 잘해 줘봤자 너만 상처 받을 거라고 했지?"

수아의 두 뺨 위로 투명한 함박눈 같은 눈물방울이 떨어졌다.

"수아야, 내가 다 설명할게. 이게 어떻게 된 거냐면……."

커다란 눈덩이처럼 뭉쳐진 말들이 내 입을 틀어막기라도 한 건지, 어디서부터 어떻게 설명해야 할지 도무지 알 수가 없었다. 아저씨와 있었던 일부터 말해야 하나? 토요일도 아닌데 왜 아저씨를 만난 거냐고 물어보면? 그럼 진의 이야기부터 해야 하는 건가?

"너도 사람이면 할 말이 없겠지. 은세한테 여자 친구가 있다는 말도 안 되는 거짓말을 늘어놓을 때부터 알아봤어야 하는 건데."

"수아야 아니야, 그게 아니야."

이지수 같은 애가 뭐라고 떠들 건 상관없었다. 수아만, 수아만 나를 믿어 주면 된다.

"결아. 다음에, 우리 다음에 얘기하자. 그리고 이건……."

그 순간 이지수가 수아가 들고 있던 예쁜 종이 상자를 휙 빼앗더니 내 가슴을 향해 집어던졌다. 노란 바나나 크림과 민트색 버터크림으로 장식된 컵케이크 두 개가 상자 속에서 쏟아져 나오면서 내가 입고 있는 하얀 블라우스와 연분홍색 반바지를 크림 범벅으로 만들었다.

"수아가 너 아프다고 해서 사 온 거니까, 이거 먹고 푹 쉬어."

이지수가 파르르 떨리는 입술을 꽉 깨문 채 나를 노려보았다. 그러고는 수아의 손을 끌어당기다시피 잡고 아파트 단지를 떠났다.

뒤집히고 망가진 것은 컵케이크뿐만이 아니었다. '나'라는 세상이, '단결'이라는 세계가 처절할 정도로 뒤틀리고 무너져 내렸다.

나는 잠깐 동안 멍하니 서 있다가 크림 반죽이 된 컵케이크 두 개를 손으로 쓸어 담아 상자 속에 넣었다. 그러고는 한쪽 귀퉁이가 찌그러진 상자를 손에 들고 집으로 올라갔다.

"옷이 왜 그래? 넘어졌어?"

이미 아저씨에게 모든 이야기를 전해 들었을 엄마가 도어록이 열리는 소리에 현관 앞으로 달려 나왔다. 나는 입술을 꾹 다문 채 찌그러진 종이 상자를 식탁 위에 올려놓은 다음 거실 소파로 가서 앉았다.

"스무 살까지 못 기다리겠어."

"결아."

좀처럼 당황하는 일이 없는 엄마가 생크림보다 더 하얗게 굳은 얼굴로 내 옆자리에 앉았다.

"그게 아저씨도 너무 놀라서……."

나는 고개를 가로저으며 엄마의 말을 가로막았다.

"아저씨와는 아무 상관없어. 아저씨는 비의 아빠지, 내 아버지가 아니니까."

폭풍우에 휩쓸려 강물 위로 떠내려가는 나뭇가지가 된 기분이었다. 나는 튼튼한 뿌리가 필요했고 그 뿌리를 단단히 붙잡아 줄 든든한 대지가 필요했다.

"어떤 사람이야? 내 아버지라는 사람은?"

엄마가 차마 내 눈을 마주 보지 못하고 창밖으로 고개를 돌렸다. 나는 엄마에게 17년 동안이나 꼭꼭 잠가 둔 비밀의 상자를 열 시간을 주기로 했다. 철컥철컥, 시곗바늘이 움직이는 소리가 고요한 거실을 흔들었다.

"결아, 너는 내 딸이야."

긴 침묵 끝에, 엄마가 내 손을 꼭 잡으며 작지만 단단한 목소리로 말했다. 수아의 눈에 비친 내 얼굴도 이렇게 구차해 보였을까.

"아니, 오늘은 꼭 들어야겠어."

나는 엄마에게 잡힌 손을 빼냈다. 나도 차은세처럼, 내 자신에 대한 믿음을 갖고 싶었다.

"유부남이었어?"

"아니야. 그런 거 아니야, 결아."

엄마가 답답하다는 듯이 고개를 세차게 흔들었다. 그러고는 한참이나 내 얼굴을 가만히 바라보다가 결국, 잿빛 한숨을 내쉬며 소파에서 일어나 안방으로 들어갔다.

레일을 따라 조금씩 움직이던 롤러코스터가 정상에 멈춰 선 순간처럼 가슴이 터질 듯이 뛰기 시작했다. 잠시 후면 나는, 지금껏 얼굴 한 번 본 적 없지만 내 피의 절반을 차지하고 있는 사람과 만나게 될 것이다.

방에서 나온 엄마가 A4용지 크기의 납작한 나무 상자를 나에게 건넸다. 나는 조금의 망설임도 없이 상자의 뚜껑을 열었다.

갓난아기들이 입는 낡은 배냇저고리 한 벌과 오래된 메모지 한 장이 들어 있었다. 나는 상자를 옆으로 내려놓고 반으로 접힌 메모지를 펼쳐 들었다.

8월 31일생.

이름은 결, 쓰르라미라는 뜻입니다.

아이가 태어나던 날, 귀가 아플 정도로 매미들이 울었는데

아이가 태어난 순간 거짓말처럼 울음소리가 멈췄어요.

그래서 아이의 이름을 결이라고 지었습니다.

그게 끝이었다. 이런 편지에 으레 추신처럼 적혀 있어야 할 '아이를 잘 부탁합니다.' 같은 흔한 당부의 말 한마디 없이.

바람 앞의 촛불처럼 흔들리던 마음이 움직임을 멈추었다. 어쩌면, 완전히 꺼져 버린 건지도 모르겠다.

이상할 정도로 마음이 담담했다. 아마도 인간이 바다의 깊이를 가늠할 수 없는 것처럼, 우주의 넓이를 상상할 수 없는 것처럼, 내 감각기관이 수용할 수 있는 충격의 크기를 넘어섰기 때문일 것이다.

"이건 내가 갖고 있을게."

나는 메모지를 손에 쥐고 소파에서 일어섰다.

"결아."

엄마가 기차역 플랫폼 위에 서 있는 사람처럼 내 손목을 붙잡았다. 다시는 만나지 못할 사람을 붙잡듯이.

"나 졸려, 엄마."

나는 또 한 번 엄마에게 잡힌 손을 빼냈고 내 방으로 들어가 크림 범벅이 된 옷부터 갈아입었다. 과부하가 걸린 머릿속이 수명이 다 된 전구처럼 깜빡깜빡 빛을 잃었다. 나는 쓰러지듯 침대에 누워 메모지에 적힌 글자를 읽고 또 읽었다.

어쩌면 이 오래된 메모지가 앞으로 이틀 후인 8월 31일, 내가 돌아가야 하는 그곳으로 떠나는 티켓일지도 모른다는 생각과 함께.

"결아, 미안한데 엄마 잠깐 좀 나갔다 올게."

엄마가 조심스럽게 방문을 열며 어제 저녁부터 지금까지 침대 위에만 누워 있는 내게 말을 걸었다.

"국장님이랑 갑자기 미팅이 잡혀서 말이야. 아주머니한테 전화

드렸어. 늦어도 한 시간 내로 오신대. 비도 방금 점심 먹고 잠들었으니까 귀찮게 하는 일 없을 거야. 그럼 결아, 엄마 금방 갔다 올게. 정말 미안해."

내가 아는 엄마는 절대로 저렇게 딸에게 쩔쩔매는 사람이 아니다. 그래서 나는 어제 저녁 우리 가족에게 일어난 일을 다시 한번 뼈저리게 받아들여야만 했다.

갑작스럽게 생긴 아이 때문에 자신의 모든 인생을 포기해야 했던 엄마다. 그런 엄마가 왜 부모도 버린 아이인 나를 키우기로 결심했던 걸까. 정말로 먼 훗날 자신을 대신해 비를 돌봐 줄 누군가가 필요했던 걸까. 아니, 정말 그런 이유로 나를 키운 거라고 해도 나를 고아원에 버리지 않고 지금까지 키워 줘서 감사하다고 해야 하는 건가.

아버지에게 버림받은 사생아인 줄 알았더니, 부모에게 버림받은 고아였다. 헛웃음이 날 만큼 어이가 없고 부끄러우면서도 슬픈 진실이었다.

엄마가 나간 지 10분도 지나지 않아 초인종 소리가 울렸다. 아주머니가 생각보다 일찍 도착하신 모양이다. 나는 물에 젖은 이불처럼 무거운 발걸음을 끌고 현관까지 나가 잠긴 문을 열었다.

"전화기가 꺼져 있어서."

환희가 어색한 미소를 지으며 현관으로 들어섰다. 그제야 지난 일주일 동안 환희와 전화는커녕 메시지 한 통 주고받지 않았다는 사실을 깨달았다.

"뭐, 시원한 거라도 마실래?"

"아냐, 괜찮아."

환희가 고개를 저으며 소파에 앉았다. 지금은 환희가 아니라 하느님이 찾아왔다고 해도 만날 기분이 아니었지만, 일주일 만에 만난 환희를 그냥 돌려보낼 수는 없었다.

"전화, 일부러 꺼 둔 거야?"

"아니. 배터리가 다 됐나 봐. 꺼진 것도 몰랐어."

환희가 조금 안심했다는 듯 어깨를 살짝 으쓱였다. 그러고는 내 얼굴을 가만히 바라보다가 그냥 입술을 깨물기만을 반복하기에, 답답해진 내가 먼저 말문을 열었다.

"무슨 할 말이라도 있어?"

"그게, 별일은 아닌데."

환희가 잠깐의 망설임 끝에 애써 아무렇지 않은 척 소파에 등을 기대며 말했다.

"지수라는 아이한테서 전화가 왔었어."

"지수? 이지수?"

이지수가 나를 싫어한다는 것은 익히 잘 알고 있었지만, 이 정도인 줄은 미처 몰랐다.

"뭐라고 했는지 안 물어봐?"

"대충 알 것 같아."

나에 대한 빈정거림이나 말도 안 되는 소문들이라면 초등학교 때부터 귀에 못이 박히도록 들어온 환희였다.

"그게 다야?"

"뭐가?"

"할 말이 그게 다냐고."

환희의 얼굴에서 표정이 사라졌다. 그리고 내 얼굴 역시 마찬가지였을 것이다.

"최소한 변명이라도 해야 되는 거 아냐?"

잠시 어느 나라의 말인지조차 모르는 외국어를 들은 것처럼 머리가 멍해져서, 나는 천천히 '변명'이라는 단어의 사전적 의미를 떠올려 보았다. 1번, 어떤 잘못이나 실수에 대하여 구실을 대며 그 까닭을 말하다. 그리고 2번, 옳고 그름을 가려 사리를 밝히다. 조금 전에 환희가 말한 변명의 의미가 몇 번인지는 굳이 물어보지 않아도 알 수 있었다.

"딱히 없을 것 같네. 이지수에 대해서 좋은 말을 해 주고 싶진 않지만 거짓말을 할 애는 아니거든."

나는 말을 끝낸 것과 동시에 소파에서 벌떡 일어섰다. 환희가 나지막한 목소리로 결아, 하고 부르며 내 손목을 붙잡았다.

"내 몸에 손대지 마."

나는 환희의 손을 거칠게 뿌리쳤고 환희는 지금 이게 무슨 상황인지 도무지 모르겠다는 표정으로 나를 올려다보았다.

"나 좀 그럼 눈빛으로 쳐다보지 말란 말이야."

오늘은 나였다. 발밑의 지뢰이자 안전핀이 뽑힌 수류탄이. 폭발은 시작되었고 환희가 도망치기엔 이미 너무 늦어 버렸다.

"그렇게 상처 받은 척, 대단한 희생이라도 하고 있는 척 쳐다보지 말란 말이야. 네가 무슨 생각하고 있는지 내가 모를 것 같아?"

어제가 내 인생 최악의 하루였다면, 오늘은 환희 차례다.

"너, 나랑 자고 싶잖아."

"단결!"

순식간에 얼굴이 새빨갛게 달아오른 환희가 자리에서 벌떡 일어서며 소리쳤다.

"내가 말로 하는 건 창피하고 네가 머릿속으로 생각하는 건 안 창피해? 그거 뭔가 잘못돼도 한참 잘못된 거 아냐?"

"그만해."

"다른 애들은 고작 몇 개월 사귀고도 갈 때까지 가는데, 나는 뭐 하고 있나 네 자신이 불쌍해? 네가 지난 6년 동안 나한테 해 준 게 얼만데, 겨우 그거 하나 원하는 대로 안 해 주는 내가 야속해?"

"그런 식으로 말하지 마. 좋아하는 사람이랑 같이 있고 싶은 건 당연한 거라고 생각하지만, 내 마음을 너한테 강요할 생각은 눈곱만큼도 없으니까."

"그래? 잘됐네. 나는 너랑 그런 짓을 할 생각이 눈곱만큼도 없거든."

그 순간 환희가 아무 대꾸도 없이 내 앞을 스쳐 지나갔다. 나는 환희가 우리 집을 떠날 거라고 생각했고 어쩌면 두 번 다시 오지 않을 지도 모른다고 생각했다. 그래도 상관없었다. 오히려 마음이 한결 가벼워졌을 뿐이다. 내가 지구에 남아 있어야 할 마지막 이유가 사라진 거니까.

그러나 환희의 발길이 향한 곳은 현관이 아닌 비가 잠들어 있는 안방이었다.

"누나! 누나, 정신 좀 차려 봐."

나는 곧바로 안방으로 달려갔고 비를 품에 안고 있는 환희와 숨이 컥컥 넘어가는 상태에서 하얀 토사물을 쏟아 내고 있는 비를 보았다.

"결아, 119! 119에 신고해, 얼른!"

나는 거의 반사적으로 안방에 있는 유선전화로 119에 전화를 걸었다 환희는 비의 고개를 옆으로 돌려 토사물을 받아 냈다. 5분 만에 도착한 구급차를 타고 응급실로 달려가면서 나는 기도하고 또 기도했다.

며칠 전부터 터질 것처럼 복잡했던 머릿속이 단 하나의 생각으로 뭉쳐졌다. 말을 하지 못해도 좋고, 움직이지 못해도 좋고, 혼자서는 아무것도 하지 못해도 좋으니까 죽지만 말라고. 그냥 우리 옆에 살아 있어만 달라고.

토사물로 인해 기도가 막힌 비는 꽤 오랜 시간 동안 호흡을 하지 못했고 호흡을 하지 못했다는 것은 뇌에 손상을 입었을지도 모른다는 것을 의미했다. 응급처치가 끝난 이후로는 피가 마를 듯한 기다림의 시간이 시작되었다. 비의 호흡이 돌아오고 비의 의식이 돌아오기를, 우리는 그저 기다릴 수밖에 없었다.

뒤늦게 연락을 받은 엄마가 응급실로 달려왔다. 엄마가 병원에 도착하기도 전에 까무러치면 어쩌나 걱정했는데, 옅은 화장이 반쯤 지워진 엄마는 놀라울 정도로 침착하고 담담했다. 엄마는 제일 먼저 응급실의 접수 수속을 마친 다음, 온몸이 비의 토사물로 엉망이 된 채 내 옆에 앉아 있던 환희를 택시에 태워 집으로 돌려보냈다. 그러고는 응급실 선생님들과 이런저런 이야기를 나눈 뒤, 마지막으로 내 옆에 털썩 주저앉았다. 기다림의 시간은 자정이 다 되도록 계속되었다.

수많은 사람들이 응급실 앞을 오고갔다. 신발도 제대로 신지 않은 상태에서 아이의 이름을 울부짖으며 쓰러지는 젊은 엄마와 장성한 아들의 품에 안겨 엉엉 울음을 터트리고 있는 아버지, 쿨럭

쿨럭 기침을 할 때마다 한 컵의 피를 토해 내면서도 눈물 한 방울 흘리지 않는 어린 여자아이까지.

바로 몇 시간 전까지만 해도 이 세상에서 내가 제일 불쌍하고, 내가 제일 비참하고, 내가 제일 괴롭다고 생각했는데.

"이럴 때 써먹으려고 나 키운 거지?"

나는 의자 앞으로 길게 뻗은 발끝을 까닥이며 물었다.

"그러게. 지금껏 키운 보람이 있네."

평소의 모습으로 돌아온 엄마가 의자 팔걸이에 오른쪽 팔을 세워 턱을 비스듬히 괴었다.

"왜 하필이면 엄마였을까?"

당시의 엄마는 갓 스무 살이 지난 어린 나이로 아픈 딸을 홀로 키우는 미혼모였다. 누가 생각해도 갓난아기를 맡길 사람으로는 어울리지 않는 사람이었다.

"엄마도 늘 그게 궁금했었어. 근데 뭐, 물어볼 수가 없으니까. 그냥 엄마 성이 마음에 들었던 것 같아. 단씨만큼 결이라는 이름에 잘 어울리는 성이 또 어디 있겠어."

엄마가 눈썹을 찌푸리며 피식 헛웃음을 지었다.

"내가 없었으면 어땠을 것 같아? 나, 빽빽 성질이나 부리면서 돈만 꾸역꾸역 먹어 대는 기계였잖아. 내가 없었으면 지금처럼 잠도 제대로 못 자면서 돈을 벌어야 할 필요도 없고 조금 더 편하게 살 수 있지 않았을까?"

딱히 듣고 싶었던 대답이 있었던 건 아니지만, 엄마는 한동안 아무 말이 없었다.

"9월의 첫 번째 목요일이었어."

나는 고개를 돌려 엄마의 옆얼굴을 바라보았고 엄마는 아무런 표정의 변화 없이 이야기를 이어 나갔다.

"일주일 넘게 내렸던 비가 그친 날이었고 비가 한동안 떼고 있던 인공호흡기를 다시 달게 된 날이었어. 그때 의사 선생님이 그러시더라. 이제 그만 포기하셔도 괜찮다고. 애기엄마는 할 만큼 다 했다고. 그래서 아, 이제 그만 끝내도 되는 거구나 생각했지. 거짓말처럼 마음이 한결 가벼워졌어. 덕분에 평소보다 일찍 집으로 돌아갔고."

그리고 바로 그날 과일 바구니 안에 든 갓난아기가 엄마의 집 앞에 놓여 있었다.

"갓난아기를 품에 안은 건 그때가 처음이었어. 비는 태어난 순간부터 중환자실에 있었으니까, 6개월이 지나도록 손가락 한 번 제대로 잡아 보지 못했거든."

인큐베이터에서 나온 이후에도 각종 장치들을 온몸에 주렁주렁 달고 있었기 때문에 엄마가 비를 온전히 가슴 안에 안을 수 있었던 것은 비의 세 번째 생일이 막 지났을 무렵이라고 했다.

"새끼손톱만 한 입술을 자꾸 오물오물거려서 손가락을 살짝 대봤더니 그 조그만 입술과 잇몸으로 엄마 손가락을 쪽쪽 빠는 거야. 곧장 슈퍼로 달려가서 분유랑 기저귀부터 샀어. 밤새도록 칭얼대는 너를 안고 뜬눈으로 아침을 맞았는데, 글쎄 그날 아침부터 갑자기 젖이 돌기 시작한 거야. 비를 낳은 지 1년 반도 더 지났을 때였는데. 물론 2년이 넘도록 수유를 하는 경우도 있지만, 엄마는 한 달도 안 되서 젖이 다 말라 버렸었거든. 비가 전혀 먹질 못했으니까. 근데 하루아침에 다시 가슴이 부풀어 오른 거야. 정말 믿을 수 없는 일이었지. 젖을 먹은 지 한 시간도 채 지나지 않아서 배고프다고 우는 너를 보면서 살아야겠다고 결심했어."

엄마는 곧장 화장실로 달려가 전날 저녁 열세 곳의 약국을 돌며 모은 한 움큼의 수면제를 몽땅 변기통 속에 쏟아 부었다.

"나를 처음으로 엄마라고 불러 준 사람은 결이 너였어. 나와 눈을 맞추고, 나를 향해 활짝 미소를 짓고, 지친 내 가슴 안을 파고들던 따스한 온기도 전부 다 너였어. 결이 네가 없었다면 엄마는 결코 엄마가 되지 못했을 거야."

뜨거운 눈물이 뺨을 타고 흘렀지만 그 안에 담긴 의미가 무엇인지는 정확히 알 수는 없었다.

"그러니까 내가 너를 키운 게 아니라, 네가 나를 살게 한 거야."

엄마가 언제나 주문처럼 되뇌는 그 말. 하나님, 부처님 앞으로 딱 두 개의 히트작만 더 쓸 수 있게 해 주세요. 우리 딸 공부 마칠 때까지만, 딱 그때까지만 저 좀 봐주세요. 네?

"결이 네가, 너라는 존재가 엄마에게는 구원이었어."

내 눈에서도 함박눈 같은 눈물방울이 쏟아졌다.

"누가 드라마 작가 아니랄까 봐."

나는 마치 세수를 하듯 얼굴 위로 넘쳐흐른 눈물을 닦아 냈다. 이 정도면 충분하다고 생각했다. 지금 이 순간에도 내가 엄마의 딸이 아니라는 사실은 내가 지구인이 아니라는 진의 이야기만큼이나 아무런 현실감도 느껴지지 않았고 나를 낳아 준 부모에 대해서는 생각조차 하고 싶지 않았지만 지금은 이걸로 충분하다고.

그리고 이 마음이 끝이 아니라는 것도 잘 알고 있다. 앞으로 세 달 후쯤, 아니면 한 달도 채 지나지 않아서 어쩌면 당장 내일, 나는 똑같은 문제로 똑같이 무너져 내릴지도 모른다. 거울 앞에 서서 머리를 빗다가 우연히 엄마와 닮지 않은 구석을 발견하고는 눈물을 왈칵 쏟아 낼 수도 있고 냉장고 앞에서 유리컵 가득 우유를 따르다가도 친부모에 대한 원망이 울컥 솟구칠 수도 있다.

그러면 나는 오늘처럼 다시 웃을 것이고 어제처럼 다시 울 것이다. 예전에 본 영화 속의 여자 주인공이 했던 말처럼, 우리의 인생은 순간으로 끝나는 것이 아니라 순간과 순간의 연속으로 이어져 나가는 거니까.

"너무 오글거려서 더 이상은 못 듣겠어."

"명색의 드라마 작가 따님이 고작 이 정도로 오글거린다는 거야? 너 진짜 엄마가 김밥 말 듯 손발 한번 돌돌 말아 줘 봐?"

엄마가 손바닥으로 눈물을 쓱 훔치며 으름장을 놓았다. 그때였다.

"단비 보호자 분."

"네!"

우리는 미리 약속이라도 한 사람들처럼 동시에 벌떡 일어섰다.

"환자 분 의식이랑 호흡 정상으로 회복하셨고 현재는 약물 처치에 의한 수면 상태이니까 큰 걱정은 안 하셔도 될 것 같습니다. 환자 분은 지금 바로 7층 병실로 옮길 거고요, 어머니는 저기서 입원 수속해 주시면 됩니다."

뒤통수에 커다란 까치집을 지은 레지던트 선생님이 쌓인 피로로 푹 꺼진 두 눈을 지그시 누르며 응급실 맞은편에 있는 야간 접수대를 가리켰다.

"감사합니다, 정말 감사합니다."

엄마와 나는 고개를 끄덕이는 인형처럼, 몇 번이나 허리를 굽혀 의사 선생님에게 인사를 했다.

"결아, 너는 먼저 병실에 올라가 있어. 엄마는 입원 수속하고 집에 가서 필요한 물건 좀 챙겨 올게. 참, 너 아직 아무것도 안 먹었지? 뭐 먹고 싶은 거 있어? 엄마가 오는 길에 사 올게."

"괜찮아, 먹을 건 됐고 CD플레이어나 좀 갖다 줘. 내 책상 세 번째 서랍 속에 있을 거야."

엄마가 의아스러운 표정을 짓긴 했지만 이내 고개를 끄덕였다. 나는 엄마에게 손을 살짝 흔들어 보인 다음 응급실 입구의 반대쪽 끝에 있는 엘리베이터 앞으로 가서 삼각형 모양의 버튼을 눌렀다. 13층에서 내려온 엘리베이터에 올라 '7'이라고 적힌 버튼을 누르고 문이 닫히기를 기다리고 있는데, 조용하던 응급실 입구로 예닐곱 명의 사람들이 우르르 뛰어 들어왔다. 응급실에 온 건 처음인지, 이리저리 허둥대는 어른들과 그 사이에서 엉엉 울고 있는 중학생쯤으로 보이는 여자아이와 초등학생 여자아이 둘, 그리고 마지막으로 아주 낯익은 얼굴이 내 시야에 들어왔다. 그와 동시에 엘리베이터의 문이 스르르 닫혔다.

이지수였다. 찰나에 스치듯 지나간 얼굴이었지만, 분명히 이지수였다. 나는 멍하니 눈만 깜빡거리고 있다가 7층에 멈춰 선 엘리베이터를 타고 다시 1층으로 내려왔다. 그러나 응급실 앞은 언제 그랬냐는 듯 다시 고요해져 있었다. 조금 전의 소란이 거짓말처럼 느껴질 정도로.

이번에도 멍하니 눈만 깜빡거리고 있다가 다시 7층으로 올라갔다. 오늘 하루 종일 거의 아무것도 먹지 못한 탓에 헛것을 본 모양이었다. 나는 접수처 앞에 있는 정수기에서 냉수를 한 잔 쭉 마신 다음, 간호사 선생님이 가르쳐 준 병실로 들어갔다.

반나절 만에 절반으로 줄어든 것 같은 비가 산소마스크를 쓴 채 잠들어 있었다. 그렇게나 미워했던 비였는데, 단 한순간도 좋아한 적 없었던 비였는데, 끊어질 것처럼 가느다란 숨을 색색 내쉴 때마다 눈물이 날 만큼 고마웠다.

나는 눈가에 맺힌 눈물을 닦아 내며 벽에 걸린 시계를 확인했다. 12시 49분, 진이 13년 동안 기다려 왔던 8월 31일이 시작되고 있었다.

비의 병실에서 내 열일곱 번째 생일 파티가 열렸다. 파티라고 해 봤자 엄마가 병원 앞 제과점에서 사온 케이크 하나가 전부였지만.

나는 늘 그랬던 것처럼 입술을 삐쭉이며 촛불을 불었고 폐렴 때문에 열이 빨갛게 오른 비가 마치 박수라도 치는 것처럼 두 팔을 버둥거렸다.

똑똑, 문을 두드리는 소리와 함께 머리를 짧게 자른 환희가 병실 안으로 들어섰다. 우리는 아무 일도 없었던 것처럼 케이크 한 조각씩을 나눠 먹은 후, 9층에 있는 야외 휴게실로 올라갔다.

8월의 마지막 햇살이 눈부시게 반짝이고 있었다. 나는 은색 난간에 기대어 저 멀리 보이는 금빛 강과 물결 모양의 B대교를 바라보았다.

"불꽃놀이, 여기서 잘 보이겠다."

"응."

환희가 고개를 끄덕였다.

"여기 오기 전에 수아한테 전화를 했었어."

수아의 이름을 듣는 순간 한쪽 가슴이 와르르 무너져 내리는 것 같았다.

"도대체 어떻게 된 일이냐고 물었더니 자기도 잘 모르겠다고 했어. 그러면서 조금만 더 기다려 보자는 거야. 결이가 반드시 설명해 줄 거라고."

그게 정말이냐고 묻고 싶었지만, 입을 열었다가는 울음이 터져 나올 것 같아서 나는 아랫입술을 꽉 깨물었다.

"너무너무 창피했어."

환희가 난간에 걸치고 있던 팔등 위로 얼굴을 묻었다.

"어제 네가 나한테 했던 말, 아니라고 할 수 없다는 것도."

환희가 생각하는 성관계의 필요조건은 사랑이다. 환희는 나를 진심으로 사랑하니까, 이미 그 필요조건을 넘치도록 충분히 채운 셈이다. 하지만 내가 생각하는 성관계의 필요조건은 책임이다. 내 스스로 내 삶을 책임질 수 있을 때, 그리고 준비 없이 찾아온 아기를 책임질 수 있을 때. 우리 엄마가 그랬던 것처럼.

환희를 위해서라면 내 목숨까지도 기꺼이 내어 줄 수 있지만 환희가 원한다고 해서 내 믿음을, 내 가치관을, 그리고 내 자신을 내어 줄 수는 없다.

"고마워."

빛이 없었던 내 세상, 방음 장치가 되어 있는 내 방. 환희가 나를 세상 밖으로 끌어내지 않았다면, 어제 환희가 나를 찾아오지 않았다면, 나는 빛과 소리가 사라진 그 공간 속에 영원히 갇혀 버렸을 것이다. 8월의 햇살이 이토록 눈부신지, 여름의 마지막 하늘이 이렇게 푸른 것인지 나는 결코 알지 못했을 것이다.

"그리고 고마웠어."

환희가 천천히 고개를 끄덕였다.

"오늘 밤의 불꽃놀이는 같이 못 보겠지만, 내년에는 꼭 너랑 함께 볼 거야."

나도 고개를 끄덕였다. 환희와 나, 우리 나름대로의 이별 인사였다. 눈물 같은 건 흘리지 않았다. 이건 우리의 마침표가 아닌 짧은 쉼표로써의 이별일 뿐일 테니까.

나도 모르는 사이 깜박 잠이 들었던 모양이다. 창문의 연두색 블라인드 사이로 비치는 햇살에 붉은빛이 섞여 있어 시계를 확인했더니 일곱 시가 훌쩍 지나 있었다. 그리고 어제 아침 일찍 일본으로 출장을 간 아저씨에게서 생일 축하 메시지가 와 있었다.

-결이의 열일곱 번째 생일 진심으로 축하해.

이 한마디의 메시지를 보내기까지 아저씨에게는 얼마만큼의 용기가 필요했을까.

나는 열일곱 글자 속에 고스란히 스며든 아저씨의 마음과 상처를 느끼며 답장을 보냈다.

고마워요, 아저씨. 아저씨는 나이가 조금 많다는 것만 빼면
정말 최고의 친구예요.

환상 속에 세워진 성은 눈을 뜬 순간 사라져 버린다. 아저씨와 나, 우리 두 사람의 성도 그랬다. 찰나의 순간에 너무나도 쉽게, 너무나도 처참히 무너져 내렸다. 그 어떤 견고한 성도 흔들리는 대지를 버텨 낼 수는 없다는 너무나도 당연한 섭리와 함께. 그래서 처음부터 다시 시작하기로 마음먹었다. 더 이상 서로의 상처에 대한 대역으로서가 아닌, 열쇠와 자물쇠처럼 서로가 꼭 맞물리는 모양의 상처를 가진 전우로서.

이 명백한 진실 위에 세워진 성은 그 어떤 강력한 힘 앞에서도 결코 무너지지 않을 것이다.

"뭔데 그렇게 배시시 미소까지 지으면서 보고 있어?"

오후 내내 노트북 화면만 뚫어져라 쳐다보고 있던 엄마가 두 팔을 위로 쭉 뻗으며 물었다.

"아냐, 아무것도."

나는 언제 그랬냐는 듯 입술을 삐죽이며 휴대폰을 내려놓았다. 그런 다음 엄마가 집에서 가져다준 CD플레이어를 손에 들고 간이침대에서 일어섰다.

"나 좀 잠깐 나갔다 올게."

"음악 들으러 가는 거야? 어디, 마음에 드는 장소라도 발견했어?"

"9층 휴게실. 거기 경치가 좋더라고."

나는 조용히 문을 닫고 병실을 나와 9층으로 올라갔다. 어느새 저물기 시작한 하늘은 빨간 장미보다 더 붉게 물들어 있었다. 휴게실의 하얀 벤치 위에 앉아 머리띠처럼 가느다란 헤드폰을 머리에 쓰고 CD플레이어의 시작 버튼을 눌렀다. 음악이 연주되기 직전의 파르르한 긴장감이 귓가를 휘감았고, 나는 스르르 눈을 감았다.

갑작스럽게, 혹은 아주 천천히 내 안에 흐르고 있던 음악이 사라졌다.

그리고 그 빈자리를 조금씩 채워 가는 매미들의 울음소리.

머릿속에 바람이 불기 시작했다. 이 기분을 뭐라고 설명하면 좋을까. 그러니까 조금 서늘하긴 하지만 이른 아침의 맑은 이슬이 내 온몸에 송알송알 맺힌 듯한, 그런 투명한 느낌이었다.

눈을 뜨지 않아도 알 수 있었다. 지금 내 앞에 서서 나를 바라보고 있는 사람을.

“여긴 어떻게 알고 왔어?”

나는 천천히 눈을 떴다.

“그런 질문, 이제 그만둘 때도 되지 않았어?”

언제나처럼 하얀 교복 셔츠 위에 검은색 카디건을 입은 진이 나를 빤히 내려다보며 대답했다.

“떠나기로 결심한 거야?”

“넌 여기 남을 줄 알았어.”

진이 이미 알고 있었다는 듯 어깨를 가볍게 으쓱이며 내 옆자리에 앉았다.

“너도 그냥 여기 남으면 안 돼? 내가 함께 가지 않는 이상, 네가 꼭 가야 하는 이유가 있는 것도 아니잖아.”

“안 돼.”

“왜”

“남을 이유가 없으니까.”

나도 그랬다. 나도 바로 어제까지만 해도 이곳을 떠날 수만 있다면, 정말 그럴 작정이었다.

"아니, 이유는 얼마든지 있어. 내가 널 못 보내겠어. 네가 떠나면 너무너무 보고 싶을 것 같아. 그런데 네가 떠나면 영원히 만날 수 없는 거잖아? 그럼 내가 너무 힘들 것 같아서 도저히 안 되겠어."

"그런 걱정은 안 해도 돼."

진이 내 얼굴을 가만히 바라보았다.

"내일이면 나에 대한 모든 기억이 사라질 테니까."

"그게 무슨 말도 안 되는 소리야! 네가 전에 그랬잖아, 지구에 남은 매미인들은 그 사실을 영원히 가슴 속에 묻고 산다고."

"그래 가슴 속에 묻고 산다고 했지, 머릿속에까지 묻고 산다고는 안 했잖아."

"야, 윤진!"

나는 벤치에서 벌떡 일어서며 소리쳤다. 사실, 지금 이 순간까지도 진의 말을 전부 다 믿은 건 아니었다. 그런 엄청난 이야기를 곧이곧대로 믿는 사람이 더 이상한 거니까. 그렇지만 내일이면 모든 기억이 사라질 거라는 진의 말을 믿지 않을 수가 없었다. 한 치의 흔들림도 없는 그 까만 눈동자를 믿지 않을 수가 없었다.

"안 돼, 내가 안 보내. 내가 안 보낼 거라고!"

나는 진의 가느다란 어깨를 꽉 끌어안았다. 분명 질색을 하며 발버둥칠거라 생각했는데 진은 내 팔을 뿌리치지도, 나를 밀어내지도 않았다.

"떠나는 게 아니야."

우리는 언제나 끝이라는 그림자가 지기 시작한 순간에서야 비로소 깨닫게 된다. 존재라는 것의 소중함을.

"돌아가는 거야. 내 삶을 찾아서, 내가 온 곳으로 다시 돌아가는 것뿐이야."

이 버릇없고 제멋대로인 꼬맹이를, 나는 놓고 싶지 않다. 절대로 떠나보내고 싶지 않다.

"행복해지고 싶어서. 나도 좀 행복하게 살고 싶어서."

그 순간, 나는 더 이상 진을 붙잡을 수 없다는 사실을 깨달았다. 행복을 찾아서 떠나기로 결심한 진을 무작정 붙잡기에는 나 역시 너무나도 불완전하고 불확실한 존재였다. 어쩌면 우리 모두가 삶이라는 망망대해를 떠도는 보트피플일지도 모른다. 등대도, 나침판도 없는 검은 바다 한가운데서 싱그러운 초록빛 나무가 자라고 있는 작은 섬을 찾아 힘차게 노를 젓는 사람들처럼.

그러나 모든 배의 목적지가 같을 수는 없다. 내가 그토록 찾아 헤맨 파랑새가 노래하는 섬이, 진에게는 날카로운 파도가 부서지는 섬이 될 수도 있는 것이다.

"어쩌면 한 번쯤은 다시 와 볼 수도 있어."

"언제? 언제쯤?"

나는 진의 두 눈을 바라보며 진의 작은 두 어깨를 꽉 잡았다.

"글쎄, 파란 장미가 필 즈음?"

진은 장난기 가득한 꼬마아이처럼 킥킥 웃음을 터트렸다. 하지만 내 얼굴은 그렇지 않았던 모양이다. 꽤 오랫동안 보랏빛 물결이 밀려오기 시작한 하늘만 물끄러미 바라보고 있던 진이 내 목에 걸려 있던 헤드폰을 내 머리 위로 씌워 주었다.

조금 전까지 내가 듣고 있었던 음반은 파가니니 모음곡이었다.

이별을 위한 준비였나 내가 그토록 싫었나
당신이 두고 간 장미는 꺾어진 모습이었소

남겨진 이별보다 힘들었던 그대 사랑
장미가 꺾이는 순간 내 사랑도 시들었소

어제는 문 밖에 두고 간 그 장미를 바라보며
처음 그대와 마주하고 드린 기도 생각했소

한 송이 붉은 장미 모질게 지던 그 순간
이미 변해 버린 당신 피지 못할 장미였나

내 귀에서 가슴으로 흘러든 연주는 에른스트의 '여름의 마지막 장미'였다. 진이 고개를 끄덕였다. 이제 내가 고개를 끄덕일 차례였다.

나는 마지막으로 진의 얼굴을 내 눈동자 속에 깊게 새겨 넣은 다음 천천히 눈을 감았다. 우리들의 삶이란 가끔씩 지독할 정도로 냉정할 때가 있다. 아무래도 오늘의 주인공은 나인 모양이다. 그래도 그렇지 하루에 두 번의 이별이라니, 이건 정말 해도 해도 너무한다.

'참, 생일 축하한다고 말해 줘야지.'

나는 얼른 눈을 다시 떴지만, 진의 모습은 이미 사라져 버린 후였다.

이대로 진의 기억도 사라져 버리는 걸까. 오늘 밤, 아니 내일 밤 그리고 모레 밤까지도 잠들지 않고 하얗게 지새운다면 기억의 끝을 붙잡고 살 수도 있지 않을까.

저 멀리 보이는 물결 모양의 다리 위로 반짝반짝 빛나는 불꽃들이 무지갯빛 눈물방울처럼 쏟아져 내렸다.

그 아스라한 빛 속에서
여름의 마지막 매미가 울음을 멈추었다.

9월의 첫 번째 주

9월이 되었다.

새 학기가 시작되었지만, 나는 일주일이 지나도록 학교에 가지 못했다. 8월의 마지막 밤에 타오른 불꽃이 열꽃으로 번지면서 41도까지 올라간 체온이 좀처럼 떨어지질 않았기 때문이다.

잠 한숨 제대로 자지 못한 채 양쪽 침대에 누워 있는 두 딸을 번갈아 가며 살핀 엄마의 노고 덕분인지, 비도 나도 내일 오전 진료를 끝으로 퇴원해도 좋다는 허락을 받았다.

병원에서의 마지막 밤, 나는 왼쪽 손등과 연결된 링거를 끌고 복도로 나갔다. 이제 겨우 막 10시가 지났을 뿐인데 새벽녘처럼 고요한 복도 끝 휴게실에는 나와 마찬가지로 일주일 내내 학교에 가지 못한 이지수가 벽에 머리를 기대고 앉아 있었다.

"이제 좀 살 만한가 보지?"

이지수가 눈만 위로 슬쩍 치켜뜬 채 주먹만 한 눈 뭉치를 던지듯 나를 향해 한마디 툭 내던졌다. 나는 이지수의 맞은편 자리에 앉으며 대답했다.

"뭐, 보시다시피."

비가 입원하던 날, 닫히는 엘리베이터 문 사이로 보았던 낯익은 얼굴은 주인공은 이지수가 맞았다. 수아에게 전해 들은 이야기로는 이지수의 어머니가 비와 내가 머물고 있는 병실과 같은 층에 입원해 계신다고 했다. 평소에도 심장이 좋지 않으셨는데, 최근 들어 입원 치료를 받아야 할 정도로 나빠지신 거라고 했다.

"나한테 사과라도 받고 싶은 거야?"

이지수가 고개를 들어 나를 똑바로 쳐다보았다.

"순진하고 착한 수아는 네 말을 믿는 모양이지만, 난 아니야."

나는 차은세와 만난 그날 일에 대해서 수아에게 솔직히 털어놓았다. 물론 하나에서부터 열까지 전부 다 말해 줄 수는 없었다. 그날 어쩌다 휴대폰을 잃어버렸고 우연히 학원 근처에서 만난 차은세가 휴대폰 찾는 것을 도와준 거라고 했다. 그것 때문에 수업을 놓친 차은세가 그저 시간을 때우기 위해 우리 집까지 같이 걸어온 것뿐이라고. 약간의 각색이 있긴 했지만 결코 거짓말은 아니었다.

"왜 못 믿는데?"

전에 없던 내 모습에, 이지수의 얼굴이 일그러지기 시작했다.

"뭐라고?"

"내가 언제 너한테 거짓말이라도 한 적 있어?"

"네 존재 자체가 거짓말이잖아."

나는 이지수의 말을 선뜻 이해할 수가 없었다.

"그게 무슨 뜻이야?"

"몰라서 물어?"

선제공격에 성공한 적장처럼 이지수가 의기양양한 표정으로 피식 웃음을 지었다.

"사생아라는 네 존재 말이야. 누군가에게는 시작부터가, 그리고 지금도 여전히 구역질 나는 거짓말일 뿐인 너라는 존재."

"아, 그거."

이번에는 내가 매복 작전으로 반격에 나선 장군처럼 고개를 가볍게 으쓱였다.

"나도 그런 줄 알았는데, 거짓말은 아니었어."

이지수의 가지런한 갈색 눈썹이 살짝 찌푸려졌다.

"수수께끼 정도 되려나."

"그건 또 무슨 헛소리야?"

"나, 우리 엄마 딸이 아니래."

이지수에게 왜 이런 이야기를 털어놓는 건지 나조차도 이해할 수가 없었지만, 매듭이 풀린 풍선에서 쏟아져 나오는 바람처럼 내 입에서 새어 나온 말들이 다시 주워 담을 새도 없이 이지수를 향해 휘몰아쳤다.

"사생아가 최악인 줄 알았는데, 버려진 고아라는 것도 더하면 더했지 덜하지는 않더라고."

나는 비와 아저씨의 이야기, 아저씨의 지인과 차은세를 만난 날의 이야기까지 몽땅 다 주절주절 늘어놓았다. 그저 묵묵히 내 말을 듣고 있던 이지수가 당혹감이나 난처함보다는 약간의 배신감과 허탈함에 가까운 표정으로 내게 물었다.

"이런 얘기를 왜 나한테 하는 거야?"

"나도 잘 모르겠어. 그냥 뭐, 기쁨을 나누면 두 배가 되고 슬픔을 나누면 절반이 된다는 말도 있잖아."

"우리가 기쁨이나 슬픔을 같이 나눌 만한 사이는 아닌 것 같은데?"

졌다, 라는 생각이 들 정도로 이지수다운 대꾸였지만 칼끝처럼 날카로웠던 말투만큼은 오래 쓴 연필심처럼 뭉툭해져 있었다.

"맞아, 절대로 아니지."

이지수가 더욱 더 깊어진 의문의 눈빛으로 나를 바라보았다.

"그런데 말이야, 기쁨이야 그렇다 쳐도 슬픔을 나누면 절반이 된다는 말은 좀 웃기지 않아? 물론 혼자 끙끙 앓다가 누군가한테 털어놓으면 당장 내 마음은 한결 나아지니까 완전히 틀린 말은 아니겠지. 그렇지만 그 '누군가'는 괜히 나 때문에 슬퍼하지 않아도 되는 일에 같이 아파하고 힘들어하잖아. 결국 내 슬픔이 누군가의 슬픔이 됐으니 절반은커녕 두 배, 세 배로 늘어나는 거지. 근데, 이지수 너는 아니잖아. 네가 내 슬픔을 같이 아파하고 힘들어할 일은 죽었다 깨어나도 없을 테니까. 그래서 별로 부담이 없었나 봐."

"넌 정말 한결같이 재수가 없구나."

이지수가 입술을 삐죽이며 코웃음을 쳤다. 만약 이지수가 그동안 오해를 해서 미안했다고 사과를 하거나 내 가슴을 향해 쏘아댄 모진 말들에 대해서 용서를 구했다면 나는 굉장히 마음이 아팠을 것이다. 내가 사생아이든, 버려진 아이이든 그건 내 의지가 아니었다. 다시 말해서 내 잘못이 아니었고 더더구나 그런 사실이 잘못인 것도 아니다. 아주 오랜 시간이 지나서야 비로소 깨닫게 된 진실이다. 괜한 자존심이라고 말하는 사람들도 있겠지만, 나는 내 의지도 잘못도 아닌 일로 인해서 타인의 동정을 받고 싶지는 않다.

"우리 아빠 말이야, 일주일 전에 아들을 낳았대."

이지수가 마치 '내일 수학이 몇 교시였지?' 같은 무미건조한 목소리로 말했다.

"축하해, 부모님이 많이 기뻐하시겠네. 엄마가 아기 때문에 몸이 많이 약해지신 거였어?"

무슨 이유에서인지, 수아는 이지수의 막냇동생에 대해서는 전혀 말해 주지 않았었다.

"내가 언제 우리 엄마가 낳았다고 했어? 우리 아빠가 낳았다고 했지."

"뭐?"

순간 굉장히 바보 같은 표정을 지었다는 것을 내 스스로가 느낄 정도였는데, 이지수는 웃지 않았다.

"우리 아빠랑, 우리 아빠보다 스무 살 가까이 어린 그 정신 나간 여자랑 둘이서 낳은 거야."

이지수는 차분한 목소리로 그동안에 있었던 일에 대해서 담담하게 이야기하기 시작했다. 이지수의 부모님은 고등학교에 입학하기 직전까지만 해도 아주 화목하다고는 할 수 없었지만 별다른 문제점도 없는 아주 평범한 부부였다고 했다. 그러니까 이지수의 아버지가 일방적인 이혼 통보를 하기 전까지는.

"처음엔 할아버지랑 할머니, 고모들까지 전부 다 나서서 아빠랑 그 여자를 갈라놓으려고 애를 썼었어. 그런데 올해 초에 그 여자가 임신을 했다고 하니까 할아버지, 할머니의 태도가 눈에 띄게 변하시더라고. 우리 아빠가 그 말로만 듣던 7대 독자 장손이라서 줄곧 아들, 아들 하셨거든. 안 그래도 몸이 약한 엄마가 딸만 내리넷을 낳고 일상생활이 벅찰 정도로 심장이 나빠져서 어쩔 수 없이 포기하긴 하셨지만. 그러다 그 여자 뱃속의 아기가 아들이라고 하니까, 우리 할아버지 정말 잔치라도 벌이실 것처럼 좋아하더라. 그러면서 아이만 데려와서 다시 예전처럼 살면 안 되겠냐는 거야. 지금이 조선시대도 아니고 그게 말이나 돼?"

이지수가 지금까지 왜 그렇게 나를 눈엣가시처럼 대했는지, 그 아픈 마음을 조금은 이해할 수 있을 것 같았다.

"그렇지만 내가 제일 화가 나는 건 우리 엄마의 태도야. 아빠한테 여자가 있다는 사실을 처음 알게 된 날부터 지금까지 나만 붙잡고 지수야, 어쩌면 좋아 어떡하면 좋아 하면서 매일 울고만 있어. 내가 당장 이혼하라고 했더니 우리 때문에 그건 절대 안 된대. 그럼 다른 여자랑 애까지 낳은 아빠랑 계속 살 거냐고 했더니 그것도 못 하겠대. 그럼 도대체 뭘 어쩌겠다는 거야?"

감정이 격해지는지, 이지수는 잠깐 동안 아랫입술을 깨물고 있었다. 이지수에게 그런 말 못 할 사정이 있을 거라고는 상상조차 해 본 적 없었다. 내 앞에서 보이는 모습만 제외하면, 이지수는 언제나 하얀 어금니가 다 드러날 만큼 밝게 웃었고 유쾌했으며 같이 있는 것만으로도 기분이 좋아지는 아이였다.

"너희 엄마는 지금의 우리보다 고작 서너 살 많은 나이에 혼자서 애 둘을 키워 낸 거잖아. 정말 대단하다고 생각해. 그런데 왜 우리 엄마는 너희 엄마 같지 않을까, 왜 스스로는 아무것도 하지 못하는 걸까 답답하고 속상했었어."

딸의 마음을 답답하고 속상하게 만드는 이지수의 어머니는 일주일에 두세 번은 직접 만든 샌드위치와 쿠키, 신선한 과일 샐러드가 담긴 간식 도시락을 챙겨 주었고 이지수의 체육복과 실내화에는 예쁜 색실로 손수 이름을 새겨 주었다. 그리고 하루에 한 번씩, 사랑한다는 문자를 보내는 일도 결코 잊은 적이 없었다.

"이건 정말 진심으로 하는 말인데, 내 어릴 적 꿈은 토끼가 그려진 앞치마를 두르고 나를 위해 쿠키를 구워 주는 엄마를 갖는 거였어."

우리 엄마는 항상 집에 있었지만, 비가 오는 날 우산을 들고 나를 마중 나온 적은 단 한 번도 없었다. 내 학비와 레슨비를 마련하기 위해 48시간 동안 글을 쓴 적은 있지만, 내 바이올린 콩쿠르에 와서 나를 응원해 준 적은 단 한 번도 없었다. 제 날짜에 꼬박꼬박 레슨비를 내주는 엄마가 고맙긴 했지만, 나도 하루쯤은 강당 객석에 앉아 나를 향해 아낌없는 박수를 쳐 주는 엄마를 갖고 싶었다.

"그딴 쿠키, 세 번만 먹어도 질려. 난 지금도 쿠키라면 절대 사절이야."

이지수가 생각만으로도 질린다는 표정으로 고개를 절레절레 흔들었다. 그리고는 소파에서 천천히 일어서며 말했다.

"이걸로 쌤쌤이다. 너만 나한테 털어놓고 홀가분하게 만들어 줄 수는 없지. 어차피 우리 둘 다 서로의 문제를 같이 슬퍼하지는 않을 거고."

"마찬가지야. 나도 괜히 빚진 기분이었는데, 이걸로 퉁이야."

이지수가 입술을 한 번 삐쭉이고는 'H'모양의 병동 중앙에 있는 접수처를 지나 반대쪽 복도로 넘어갔다.

은근하게 남아 있던 미열이 미지근한 밤바람에 깨끗이 흩어져 버린 것 같았다. 나는 한결 가벼워진 발걸음으로 병실로 돌아가 병원에서의 마지막 잠자리에 들었다.

토요일 아침, 서둘러 퇴원 수속을 마치고 집으로 돌아와 곤히 잠든 비를 안방 침대 위에 뉘였다. 오랜만에 맡는 이불의 냄새가 포근했는지, 비가 베갯잇에 뺨을 부비며 배시시 미소를 지었다. 비의 미소에 이토록 큰 안도감을 느끼는 날이 오다니, 인생이라는 건 정말 웃기지도 않는 일인 것 같다.

일주일이 넘게 비어 있었던 집과 병원에서 쓰던 물건들을 대충 정리하고 나니 어느새 점심 때가 되어 요즘 한창 광고 중인 새로 나온 피자를 주문하고 TV앞에 앉았다.

"다음은 윤진 군의 실종 사건에 관한 소식입니다. 일명 '매미 소년'으로 불리는 윤 군의 실종 사건이 공개수사로 전환된 지 나흘째인 오늘, 여전히 그 어떤 단서도 발견되지 않아 경찰이 수사에 난항을 겪고 있습니다."

8월 31일, 자신의 집에서 사라진 소년에 관한 뉴스였다. 우리 동네에서 차로 5분 정도 떨어진 곳에서 일어난 사건이라 그런지, 나는 조금 떨리는 마음으로 TV의 볼륨을 높였다.

화면 하단에 나오고 있는 소년의 얼굴은 중학교 1학년이라는 나이에 비해 상당히 어려 보였다. 가까운 거리에 살고 있었다는 것 때문인지, 괜스레 내가 아는 얼굴처럼 느껴져서 기분이 이상했다.

소년은 31일 저녁, 집 앞 골목에 설치되어 있는 CCTV에 찍힌 것을 마지막으로 마치 처음부터 이 세상에 존재하지 않았던 사람처럼 홀연히 사라졌다고 했다. 소년의 방에는 소년이 마지막까지 입고 있고 있었던 교복이 반듯하게 개어진 채로 침대 위에 놓여 있었고 소년의 가방과, 휴대폰까지 모두 그대로 남아 있었다. 소년의 집은 고급 주택가 안에 있었고 곳곳에 설치된 CCTV 때문에 소년이 카메라에 찍히지 않고 동네를 벗어나는 것은 불가능한 일이라고 했다. 그러나 소년은 31일 저녁 이후 그 어떤 카메라에도 찍히지 않고 사라졌다. 그리고 사라져 버린 소년 대신, 여름의 끝과 함께 생명을 다한 수백 마리의 매미들이 소년의 방을 가득 채

우고 있었다.

자신의 방에서 사라진 소년과 죽은 매미 떼, 이 기이한 상황 때문인지 사람들은 소년을 일명 '매미 소년'이라 불렀고, 학업에 지친 소년이 집 안 어딘가에 숨어 있을 거라는 둥 외계인이 납치해 갔다는 둥 이런저런 말도 안 되는 루머들을 떠들어 대고 있었다.

한동안 모든 뉴스와 매체에서 '매미 소년' 사건을 톱기사로 다루었지만, 끝내 소년의 행적에 대한 그 어떤 단서도 발견되지 않았다. 소년의 시간만 8월 31일에서 멈추었을 뿐, 세상의 시간은 계속해서 흘러갔고 그렇게 매미 소년은 자연스럽게 사람들의 머릿속에서 잊혀져 갔다.

낮에는 여전히 긴팔 블라우스의 소매를 걷고 있어야 할 만큼 무더웠지만, 바람의 냄새가 달라진 저녁에는 얇은 카디건을 덧입어야 할 만큼 서늘해졌다. 레슨 때문에 자율학습을 하지 않고 가방을 챙기는 나를 보며 이지수가 눈을 흘겼다.

"넌 좋겠다. 우리는 10시까지 꼼짝없이 갇혀 있어야 되는데."

"누가 들으면 난 놀러가는 줄 알겠다."

예전과는 달리 이지수의 핀잔에 족족 맞받아치는 나와 그런 내 모습에 눈썹 하나 까딱하지 않고 태평한 이지수를 보고 수아는 사이가 좋아진 건지, 나빠진 건지 도통 모르겠다며 고개를 가로저었다. 수아의 말대로 이지수와의 사이가 딱히 좋아진 건 아니다. 이지수는 지금도 여전히 나를 향해 뾰족한 말들을 쏟아낸다. 한 가지 달라진 점이라면 그 말의 과녁이 더 이상 내가 아니라는 것. 주로 할아버지와 아버지, 그리고 너무 안쓰러워서 미운 엄마를 향한 말들이다. 이지수는 나를 두고 마음의 쓰레기통이라는 고약한 표현을 했는데, 그건 나도 마찬가지였으니 딱히 뭐라고 할 생각은 없다. 예를 들면 이런 식이다. 내가 대학등록금은 물론 유학비까지 대비해서 계산기를 두드리는 엄마를 보니 마음이 무겁다는 푸념을 늘어놓았더니 그렇게 부담스러우면 바이올린 때려치우고 아르바이트나 하라는 소리를 들었다. 그래서 부모도 형제도 다 필요 없고 혼자 살고 싶다는 이지수에게 학교 앞 고시원에 빈방 많으니 당장 오늘이라도 짐 싸서 나오라고 대꾸해 줬다. 서로의 슬픔을 절대로 같이 아파하지 말자는 게 우리의 암묵적 약속이니까.

8월 한 달 동안 정말 많은 일들이 일어났지만, 그 모든 일들이 거짓말처럼 느껴질 정도로 평화로운 일상이 이어졌다. 비는 여전히 침대에 누워 있고 엄마는 코앞으로 다가온 드라마 방영 때문에 쓰디쓴 커피만 마시면서 살고 있다. 그대로 뒀다가는 드라마가 시작하기도 전에 쓰러질 것 같아서 유통기간이 하루 남은 우유를 유리컵 가득 부어 엄마에게 주었더니, 오히려 차가운 우유를 그냥 주면 어쩌냐는 핀잔만 들었다. 엄마는 차가운 우유를 그냥 먹으면 꼭 배탈이 나서 시리얼과 섞어 먹거나 따끈하게 데워 먹어야 한다. 이따금 가스밸브를 내리는 걸 잊어버리는 것처럼 깜빡한 것뿐이었지만, 문득 나는 한겨울에 얼린 우유를 먹어도 배탈 같은 건 나지 않는다는 사실이 떠올라 괜히 서글퍼졌다. 내가 엄마의 딸이 아니라는 사실은 지금도 여전히 우주의 크기처럼 막연하기만 한데, 그 거대한 사실의 조각들은 순간순간 어떠한 예고도 없이 날아와 내 가슴에 박힌다.

나는 아직 내가 엄마의 친딸이 아니라는 사실만으로도 너무 벅차서 나를 낳아 준 부모에 대해서는 생각해 본 적이 없다. 언젠가는 그 끝에 뭐가 있든, 내 뿌리에 대해서 알고 싶어지는 날이 올지도 모른다. 설령 그런 날이 온다고 할지라도, 그건 아주 먼 훗날의 이야기일 것이다.

학교 앞 정류장에서 버스를 기다리고 있는데 카디건 주머니에 넣어둔 휴대폰 진동이 울렸다.

"여보세요."

"영어 숙제 말이야, 목요일로 연장."

차은세가 여보세요, 라는 말도 생략한 채 할 말부터 전했다. 종종 있는 일인데, 부반장이라는 사명감이 지나치게 투철한 아이인 것 같다. 다정도 병이라는 시조의 한 구절처럼, 수아는 모든 아이들에게 다정한 차은세의 태도가 남자 친구로서는 별로인 것 같다며 더 이상 차은세를 좋아하지 않는다고 했다. 그러고는 이따금 같이 버스를 탈 때마다 나지막한 목소리로 이다음에 독일로 유학을 가면 차은세가 얼마나 멋지고 로맨틱한 아이인지 곁이 너도 알게 될 거라는 알 수 없는 말을 속삭였다. 내가 아무리 그게 무슨 뜻이냐고 물어도 수아는 그저 빙그레 미소만 지을 뿐 결코 알려주지 않는다. 그러니까 내가 차은세와 함께 탔던 4대의 버스와 같은 번호의 버스를 탈 때마다 괜스레 차은세의 얼굴을 떠올리게 된 것은 순전히 수아 때문이다.

"감기 조심해, 저녁 바람이 제법 쌀쌀하더라."

"안 그래도 카디건 챙겨 왔어. 버스 왔다, 전화 끊을게."

나는 휴대폰의 종료 버튼을 누르고 서둘러 7번 버스에 올랐다. 차창 밖으로 보이는 대형 광고판에 '환희'라는 글자가 적혀 있길래 휴대폰으로 사진을 찍었다. 그런 다음 아무런 메시지도 없이 환희에게 방금 찍은 사진을 전송했다. 물론 답장은 없다. 하지만 내 휴대폰 사진첩에서 '단결'이라는 글자가 찍힌 수십 장의 사진이 저장되어 있다. TV자막, 소설책, 전단지, 신문 등 그 종류도 가지각색이다. 물론 환희에게서 받은 사진이다.

우리는 8월의 마지막 날을 끝으로 단 한 통의 전화도 단 한 통의 메시지도 주고받지 않았다. 대신 서로의 이름을 찍은 사진만을 보내고 있는데, 이 일이 언제까지 계속될 것인지 그 의미가 무엇인지 그 결과가 무엇일지는 지금의 나로서는 전혀 알 수가 없다. 그건 환희 역시 마찬가지일 것이다.

빨간색 정차 벨을 누르고 아파트 단지 앞 정류장에서 내렸다. 버스에 오를 때마다 훨씬 더 차가워진 바람에 코끝이 찡해졌다. 파랗게 물든 하늘도, 맑은 저녁 공기도 괜히 마음이 일렁일 정도로 서늘하게 느껴졌다.

나는 집에 올라가서 책가방과 바이올린 케이스만 바꿔 든 채 선생님이 사는 301동으로 향했다. 요즘처럼 바이올린을 연주하는 게 즐거웠던 적이 없었기 때문에 조금이라도 더 빨리 선생님께 내 연주를 들려드리고 싶었다. 꼭대기 층에 멈춰 있는 엘리베이터의 버튼을 누르고 기다렸다. 엘리베이터의 문이 열리자마자 오른발을 한 발짝 앞으로 내딛은 나는 하마터면 비명을 지를 뻔했다. 당연히 아무도 없을 거라고 생각했던 엘리베이터 안에 파란 리본을 단 어린 여자아이가 서 있었기 때문이다.

기껏해야 초등학교 3, 4학년쯤으로 밖에 보이지 않았는데, 여자아이가 입고 있는 하얀 셔츠와 까만 카디건은 우리나라에서 제일 유명한 중학교의 교복이었다. 여자아이는 흠칫 놀라 뒤로 물러선 나를 무표정한 얼굴로 힐끗 올려다보고는 그대로 나를 지나쳐 아파트 현관으로 걸어갔다. 나는 놀란 가슴을 진정시키며 엘리베이터에 올랐고 문이 닫히기 직전까지 여자아이의 뒷모습을 바라보았다. 그 교복 때문인지 여전히 미제 사건으로 남아있는 '매미 소년'이 떠오르면서 나조차도 이해할 수 없을 만큼 기분이 이상해졌다. 아마도 갑작스럽게 쌀쌀해진 날씨와 저녁이라는 투명한 시간이 가져온 애틋함 때문일 거다.

나는 엘리베이터에서 내려 초인종을 짧게 한 번 눌렀다. 거의 한 달 반 만에 받는 레슨이었다. 선생님의 개인적인 사정으로 몇 번이나 레슨이 취소되었기 때문이다.

"어서 와."

오랜만에 만나는 선생님의 얼굴은 마지막으로 보았을 때보다 눈에 띄게 야위어 있었다.

"선생님……."

나는 더 이상 말을 잇지 못하고 그냥 엉엉 울어 버렸다. 이게 요즘의 내 모습이다. 정말 아무것도 아닌 것에 깔깔 웃음이 터져 나올 만큼 행복할 때도 있지만 지금처럼 이유를 알 수 없는 눈물이 펑펑 쏟아져 나올 때도 있다. 아니, 이유는 얼마든지 있다. 가슴이 아릴 만큼 맑은 저녁 공기 때문일 수도 있고 보랏빛에 가까운 파란 하늘 때문일 수도 있다. 엘리베이터에서 마주친 파란 리본을 단 여자아이의 교복 때문일 수도 있고 너무나도 야윈 선생님의 얼굴 때문일 수도 있다. 어쩌면 비를 향한 사과의 눈물일 수도 있고 엄마를 향한 감사의 눈물일 수도 있다. 환희를 향한 그리움의 눈물일 수도 있으며 '나'라는 존재에 대한 혼란스러움의 눈물의 수도 있다.

그리고 누군가를 위한 마음일 수도 있는 것이다.

"오랜만에 '여름의 마지막 장미'가 듣고 싶구나."

선생님은 아무 말 없이 나를 꼭 안아 주었다. 마치 모든 걸 다 알고 있다는 듯이. 걷잡을 수 없을 만큼 커져 버린 내 눈물방울은 선생님의 가슴에 꽂힌 파란 장미 모양의 브로치 위로 떨어졌다.

물기를 머금은 파란 장미가 밤하늘의 별처럼 반짝반짝 빛났다.